狼與辛香料 XII

支倉凍砂
Isuna Hasekura

Illustration
文倉十
Jyuu Ayakura

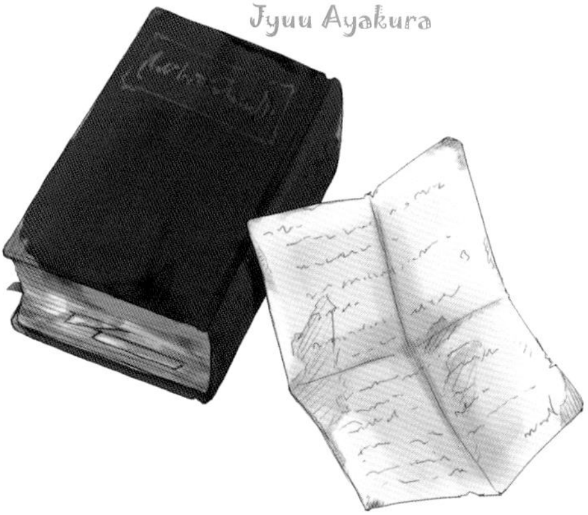

「弗蘭・沃內莉師傅回來了。」
倏葛身後忽然出現一名身形嬌小的少女。
銀飾品工藝師弗蘭・沃內莉

少女看起來像個平凡女孩。
沒錯，除了她的膚色和瞳孔顏色之外。
「是這位商人找我嗎？」
少女擁有一股不可思議的魅力，
或許可以用散發出魔術師氣息的美感來形容。
畫商哈夫那·攸葛

「不知道是不是我問了什麼不該問的問題，
他好像很害怕的樣子……」
堂斯格村村民維諾

堂斯格村有力人士
烏魯・繆勒
羅倫斯說出試探話語後，
滿臉鬍鬚的村民一副感到困擾的模樣笑著說：
「畢竟災禍總是來自外面。」

「要是失敗了，咱不會原諒汝。」

「那當然。」

羅倫斯用額頭輕輕碰觸赫蘿的額頭說道。

「那當然。」

然後，又說了一遍。

Contents

狼與辛香料XII

WORLD MAP
溫菲爾王國
多蘭平原
堂斯格
伊克
凱爾貝
樂耶夫山
紐希拉
約伊茲
樂耶夫河
雷諾斯
普羅亞尼國
羅姆河
特列歐
恩貝爾
卡梅爾森
N
W
E
S
拉姆特拉
崔尼國
波羅遜
留賓海根
帕茲歐
約連
斯拉烏德河
帕斯羅村

地圖繪製／出光秀匡

序幕

一望無際的雪原盡頭，天色逐漸變亮。

空氣冰冷得扎人，每吸一口氣，頭痛就會伴隨而來。

天色未亮之前便出門的羊群，出現在遙遠地平線上。

這般風景幾百年來不曾改變過，想必未來幾百年也不會改變。

晴朗的天空、平坦的雪原、走在雪原上的羊群。

吸入空氣，再吐出空氣。

長長氣息隨著冷風拉出一道白煙，視線忍不住追隨而去。

仍有睡意的旅伴蹲在身旁用手指撥動著白雪。

「聽說可能沒有。」

聽到唐突的話語，旅伴卻沒有太大反應。

「早已沒有的東西不可能再失去一次。」

旅伴用小手捏出雪球後，忽然丟了出去。

陷入雪堆之中的雪球形成了一個凹洞。

「我們是人類啊。我們懂得怎麼讓已經沒有的東西失去得更完美。」

第二顆雪球也形成凹洞後，身旁傳來回應話語：

「對咱而言，這太難理解了。」

「妳以為死了就什麼都結束了，對吧？不過，事實並非如此。人死了後，可能在天國繼續生活，也可能在地獄再死一遍。要讓已經失去的東西再失去一次，一點困難都沒有。」

旅伴沒有捏出第三顆雪球，而是在身旁對著變得紅通通的手呼氣。

「人類太可怕了。」

「是啊。」

這方點了點頭後，旅伴停頓一會兒，才丟出另一句話：

「為什麼會失去呢？」

「聽說是被切削又挖掘，最後連影子都消失不見。」

衣物摩擦聲傳來，原來是旅伴晃動著肩膀在笑。

「人類真是太可怕了。咱再怎樣也想不出這種天真小孩才想得出來的點子。」

旅伴站起了身子，但自己還是輕輕鬆鬆高過旅伴兩個頭。

如同由下往上看的成熟表情總是讓人感到害怕，由上往下看的少女表情總是顯得柔弱虛幻。

所以，儘管由上往下看旅伴，仍覺得那表情顯得剛強肯定不是因為多心。

「不過，咱聽到那消息後，覺得有些開心。」

「……開心？」

「嗯。最初是在咱無法干預之下失去。那次跟咱一點兒關係都沒有，咱什麼也做不了。」

旅伴一步接著一步地前進，雪地上也一個接著一個地出現腳印，說出旅伴的輕盈身軀還是有著重量。

腳印雖小，但腳步踩得扎實。

「這次……」

然後，旅伴轉過身子掀起長袍下襬，讓晨光落在背上笑著接續說：

「咱干預得到。咱干預得到汝說的死了後的生死。」

旅伴咧嘴一笑，嘴唇底下隨之露出尖銳利牙。

「本以為已經無能為力改變的事實，現在咱能夠再次扯上關係。這般開心的事情不是說有就有。要放棄也好，放棄不了也好。這樣總好過事情在咱無法干預之下開始又結束。」

旅伴表現出兩種堅強態度。

想要保護某存在的堅強態度。

另一種是因為沒有任何害怕失去的存在，而有的堅強態度。

「妳難得表現得這麼強勢。」

這方開玩笑地說道，一團白色氣息隨之升起。

「因為這樣咱就有了藉口。不管結果如何，只要能夠參加那場合就好，光是這樣就能夠構成一個藉口。而且，也能夠成為慰藉。這或許比事情能不能順利進行來得重要也說不定。」

如果抱著「只要能夠搭上關係就有意義」的想法，輸了時就不會覺得痛苦。

儘管旅伴口中說出這般令人唾棄的提議，卻有種其內心藏著強烈期望的感覺，人們面對這樣的對象時，怎能夠不伸出援手。

早知道會輸。不過，如何輸得漂亮比贏得任何戰鬥都來得困難。

「咱未來也必須活得又長又久。在冷天裡睡覺時，必須靠著名為藉口的暖爐來取暖。冬天一直抱著這個暖爐睡覺，有時醒來就眺望暖爐。」

聽到這般發言後，想要回以笑容可說難上加難。

即便如此，這方還是忍不住笑了出來。

因為旅伴說出這般發言的同時，也露出彷彿在說「我們這就去搶奪世上所有寶物吧」似的無敵笑容。

「我沒辦法一直陪著妳。也沒辦法不惜性命地幫助妳。不過，我會在自己能力所及的範圍內陪著妳。」

嬌小的旅伴一邊讓晨光落在背上，一邊從雪地上站起來。

旅伴想確認的，並非不知道做不做得到的努力目標，而是能夠確實履行的能力極限。旅伴太過體貼，體貼到不願意聽到像是「我願意為了妳放棄一切，不管遇上任何危險都不怕」般的熱情話語。

在彼此不逞強之下牽手走下去；這般態度似乎就是歲數增長後的相處模式。

旅伴沒出聲地咧嘴展露笑容，那笑臉顯得開心。

「那麼，咱就從等會兒的早餐，來確認看看汝口中的能力所及範圍有多寬唄。」

旅伴會說出這般開玩笑話語，是在暗示感傷話題到此結束。

旅伴以輕快腳步走了回來，然後撒嬌地抱住這方的手。

「妳小心別因為吃太多，而讓這頓早餐變成最後一頓早餐。」

光是旅伴的餐費，就是一筆不容忽視的支出。

即便如此，每次真正讓人不容忽視的卻不是餐費，而是旅伴動腦筋的速度。

「嗯。畢竟汝喜歡咱喜歡到無法自拔的地步。如果為了讓汝開心而拚命吃，可會撐破咱的肚子吶。」

旅伴口中說出的話語就像難以攻下的要塞，只要反駁，毒蛇就會從團團圍住這方的草叢裡爬出來。

這方只能投降。

於是，這方聳了聳肩這麼說：

「我可不想殺了妳。」

「嗯。」

然後，原本看向前方的旅伴看了一眼埋沒在白雪之中的修道院後，閉上了發出強烈紅光的琥珀色眼珠。

「這樣最好。要是因為對方的寬容而死，就是死了也死得不痛快。」

一天當中之所以拂曉時分最寒冷，一定是上天的巧妙安排，因為之後天氣就會愈來愈暖和。

第一幕

我會再跟你聯絡。

果是旅行商人，鮮少會照字面解讀這句話的意思。旅行商人會大概解讀成「如果運氣好的

是「一年或兩年後來到相同地方的時候」，才可能取得聯絡。

大型經濟同盟這般複雜機構的人來說，這句話似乎具有如字面般的意思。為

京中央的布琅德大修道院前往港口途中，羅倫斯在去程也停留過的客棧

奇提供了協助，而這封信的寄件者便是彼士奇。修道院因

最後宣告失敗，而信上寫著關於修道院的消息。

因為諸多意圖而試圖取得某聖遺物。

有，也極可能是真的。

只會在旅途中的酒席上，聽到這般用來助興的話題。

到了擁有好幾艘商船、連國王和大主教都必須表示敬意

於偉大修道院的機密大事。

。

[illegible]細想一想，就算是規模再大、力量再強的權力組織，終究是人類所組成。即使只是[illegible]識的對象，只要與對方意氣相投，奴隸也能夠享用到豐盛晚餐。

[illegible]人們是在神明的指引下才會相遇，所以再多不可思議的事情都可能發生。

[illegible]說別的，以羅倫斯身旁的人為例，這個一副深感興趣的模樣探頭看向羅倫斯正在過目的信[illegible]人，就是正常來想會讓人忍不住笑出來的存在。

亞麻色長髮，加上尖下巴。帶有紅色的琥珀色眼珠，加上鮮紅朱唇。如果說擁有貴族女孩般[illegible]的容貌非常稀有，其兜帽底下的動物耳朵更是稀有。這位羅倫斯偶然相遇的旅伴赫蘿，既不是貴族，也不是人類。其真實模樣是能夠輕鬆一口吞下人類的巨狼，也是寄宿在麥子裡，並且能夠掌控麥子豐收與否，屬於古老精靈時代的存在。

不過，赫蘿本人不太喜歡如此誇大的形容。而且，看見她因為想要閱讀信件，而甩動尾巴不停拍打羅倫斯小腿的催促模樣，與其說會讓人敬畏，不如說顯得可愛更加貼切。

「看完了要還我喔。」

羅倫斯把信件遞向赫蘿後，赫蘿立刻搶走信件。布琅德修道院所購買的聖遺物是非比尋常的狼骨，說穿了就是被稱為狼神的骨頭。雖然實際上修道院買到了假的狼骨，但信件上寫著整個購買過程。

赫蘿一直以為修道院購買的狼骨可能是其同伴遺骨。

雖然已經排除了這般疑慮，但才鬆口氣沒多久，羅倫斯在布琅德修道院又聽到其他同樣與狼骨有關的更壞消息。

這封信件上也寫著關於這消息的一小部分內容。

「話說回來，原來規模那麼大的修道院也會受騙啊。」

另一位旅伴寇爾一邊顧著火勢，一邊開口說道。

或許是因為度過貧窮旅行而變得纖瘦，與擁有十多歲容貌的赫蘿相比，寇爾看起來年幼一些。

若非如此，就是因為寇爾那具有理性，卻絕對不會傲慢的謙虛態度。

羅倫斯面向取暖的火堆對寇爾說：

「你猜哪些人會買不銳利的鈍劍？」

羅倫斯還是個徒弟的時期，師父經常這麼對待他。

突然提出偏離主題的問題，然後透過答案來評量對方的力量。

「呃……那個……沒有錢的人嗎？」

「沒錯。不過，還有另一種人也會買。」

「汝是說有太多錢的人唄？」

寇爾還來不及回答，看完信件的赫蘿這麼說。

赫蘿讓寇爾夾在她與羅倫斯之間而坐，並把信件遞給寇爾。
這名身為流浪學生的少年為了證明其故鄉的北方神明真的存在，同樣在追查狼骨的真偽。
「沒錯。有太多錢的人會想要購買不銳利的寶劍。就算砍不了人也無所謂。劍的價值是依其他條件而定。」
「意思是……修道院根本不在乎狼骨是假的嗎？」
聽到寇爾表現優秀地說出答案，赫蘿摸了摸他的頭以示犒賞。
看見他既沒有顯得難為情，也沒有表現出厭煩模樣，而是露出純粹感到開心的表情，想必身為給予犒賞的人也會感到開心。
「所以，對修道院來說，與其說受騙不受騙，如何賦予狼骨價值更加重要。事實上，修道院也快達成目標了。」
聽到羅倫斯的話語後，寇爾把視線拉回信件上。
信件上寫著修道院差一步就到手的起死回生可能性。
「信上寫的『對岸商行前來試探並表達採買意願』，應該是指那家商行吧？」
羅倫斯等人在港口城鎮凱爾貝時，被捲入了一角鯨騷動。
當時處於漩渦中心的，就是擁有祕密資金準備採買狼骨的珍商行。
「管它狼骨是真是假，以高價賣給珍商行後，只要堅稱不知情就好了；修道院應該是打著這樣的如意算盤，只是最後沒有成功。」

「然後，管他有沒有成功，對咱們而言都無所謂。」

赫蘿一邊用樹枝串起乳酪放在火上烤，一邊這麼說。

她大口咬下表面開始融化的滾燙乳酪後，兜帽底下的耳朵隨之高高挺起。

「沒錯。我們應該留意其他地方。」

聽到羅倫斯的話語後，寇爾繼續追著信件上的文字跑。

如果要說這封信件上寫著極為重要的內容，那不會是報告事實的內容。

有些時候，沒有確證的雜感會比較有幫助。

在生意上，情報有沒有幫助，其實並非依該情報內容而定。

這個情報「沒有人知道」才是最重要的，而沒有人知道的情報總是由毫無確證的雜感而來。

「近年來這類交易似乎在各地積極進行著。我們懷疑其中心人物可能是與我們擁有不同流通網路的團體。感覺得到北方地區瀰漫著動盪氣氛。願神庇佑……彼士奇。」

咀嚼完乳酪後，赫蘿把樹枝丟進火堆之中。

「這跟汝從哈斯金斯那裡打聽來的消息一致唄？」

基本上，赫蘿不會稱呼別人的名字。她口中說出的，正是流傳於布琅德修道院的黃金之羊傳說中的黃金之羊名字。

不過，赫蘿之所以會稱呼其名，並不是因為哈斯金斯與她的存在相似。因為赫蘿是一隻頑固的賢狼，除非是值得表示敬意的對象，否則她依舊會稱呼對方為這傢伙或那傢伙。

「向修道院表達過採買意願的珍商行，原本是在一個叫做德堡的商行旗下。哈斯金斯先生告訴過我，有一家商行在人類稱為大礦山地帶的地區占地為王，北方地區有可能因為這家商行所為，而變得面目全非。這家商行正是德堡商行，他們擁有與魯維克同盟不同的流通網路。」

哈斯金斯在溫菲爾王國的布琅德修道院領地，暗地裡為同伴重新建立出故鄉。照哈斯金斯所說，分散各地的同伴們時而會順道來到這個故鄉，然後聊一聊彼此近況，或互換關於各地狀況的情報。

在這之中，哈斯金斯為了羅倫斯等人提供了情報。

哈斯金斯提供的動盪情報裡，也出現了赫蘿即將前往的故鄉、據說好幾百年前已經滅亡的約伊茲之名。

「那麼……真正的狼骨已經在德堡商行手中？」

「也有這樣的可能性。如果狼骨在市場上流通，應該說這樣的可能性很高。」

羅倫斯從寇爾手中接過信件，然後緩緩撕掉信件。

「啊！」

這麼叫了一聲後，寇爾一臉呆然地張著嘴巴。羅倫斯沒理會寇爾的反應，把信件撕成小碎片後，便往火堆裡丟去。

「如果是唯一一封信，要是碰到水而破損，或被火燒掉會很傷腦筋。這種時候會使用羊皮紙。不過，不易破損也代表著不易處理掉。所以，寫祕密時會使用容易處理掉的紙張。因為不能讓任何人知道祕密內容。」

信件轉眼間燒成灰燼，並隨著熱氣朝向天花板飛去。

「那麼，咱們要怎麼做？」

寇爾與赫蘿兩人的視線追著在空中飛舞的灰燼，但只有寇爾是真的看著灰燼。

赫蘿帶有紅色的琥珀色眼睛並沒有看著灰燼，而是凝視著他處。

「彼士奇先生寄來的剛剛那封信，加上哈斯金斯先生告訴我們的北方地區情勢。兩大情報網都提供了類似情報。這麼一來，就表示我們幾乎可以把這個情報視為事實。」

「汝說的那家什麼商行，為了把整座山翻過來開挖，到處趕走當地的居民，是唄？」

寇爾吃驚地拉回落在灰燼上的視線。

「為了達到這個目的，德堡商行有可能不問真假地拚命收集聖遺物；這是哈斯金斯先生說的。德堡商行的目的很明顯。想要依賴武力時，沒有什麼同伴比教會組織更可靠。首先，德堡商行肯定會拉攏教會。然後，如果真的這麼做了，他們一定會用很好聽的說法，來形容為了開發礦山而占領土地的行為。」

木柴發出「劈啪」一聲爆破聲。

「那就是聖戰。為了從異教徒手中奪回神之土地。」

聖遺物是屬於信仰世界的東西。

所以，羅倫斯等人所追查的狼骨，當初或許也是打算用於教會傳教。舉例來說，如果狼骨真是異教之神的遺物，就能夠以「刻意冒瀆狼骨卻沒有受到神譴」的說法，來主張教會的公正性。

赫蘿說過就算牠們族群再強悍，一旦化成了白骨，也不可能開口咬人。

如果教會在至今仍留有濃濃異教之神氣息的地區這麼做，肯定能夠帶來極大效果。

而且，假設德堡商行為了開發礦山而當真不惜開戰，該行為已經不算是為了信仰而戰，其真正動機在於賺錢。

如哈斯金斯用詞巧妙地說過，古老時代，當被稱為神明的存在被趕出森林或高山時，背後總有商人作梗。

不過，這次商人不是在背後。

「畢竟北方大遠征中止，想必有很多傢伙因此很頭痛。雖然不喜歡自己居住的土地發生戰爭，但要是在遠方土地發生戰爭，那可是再歡迎不過了。食物和物資會因此大賣，老是來破壞田地和村落的傭兵們也會爭相出遠門。一切順利的話，前赴戰場的領主會捧著滿滿寶物回來，甚至還能夠分到領主掉出來的寶物。」

「這戰爭如果是在異教土地發生，更是沒什麼好擔心；汝是這意思唄？」

赫蘿的故鄉約伊茲，據說好幾百年前便已滅亡。

不過，該地點想必還存在著赫蘿看慣了的高山和森林，能夠讓赫蘿一邊悠哉地打瞌睡，一邊曬太陽的山丘肯定也還存在。如果從這般角度來說，赫蘿的故鄉應該還存在著。

這個故鄉如果被人利用來挖掘黃金、白銀或其他礦物，景觀就真的會完全改變。到時候樹木會遭到砍伐，高山會被挖掘，河川會遭到阻斷。

轉眼間就會化為一塊陌生土地。

「那個……」

寇爾有禮貌地舉高手插嘴，並且一副泫然欲泣的表情說道：

「猜得出來……什麼地方會遭到攻擊嗎？」

「猜不出來。不過……」

羅倫斯露出笑容以暫時安慰寇爾，並接續說：

「不過，可以先做準備。因為事情的規模變得愈大，就愈不可能隱瞞得了世人。而且，就算無法阻止整件事情的進行，至少也能夠在想要守護的地方，擋住敵人揮出的矛頭。」

寇爾露出悲痛表情點了點頭，並緊緊咬著下嘴唇。

如果事情是在二十年後發生，說不定寇爾已經站在能夠在教會權力內部，巧妙地誘導矛頭方向的地位。

然而，這一切都是假設。

赫蘿輕輕捏起寇爾的臉頰，然後對著羅倫斯說：

「需要準備什麼？」

「首先要有正確的北方地圖。無論要做什麼，如果光是問出地名卻不知道其位置，就是想採取行動也難，也不知道戰爭矛頭指向什麼地方。雖不是說順便，但只要能夠順著情勢而行，想必狼骨的下落同時也會明朗化。」

赫蘿點了點頭，然後稍微做了一次深呼吸。

「所以，我請哈斯金斯先生介紹了了解北方地區狀況，又懂得畫地圖的人物。不管怎麼說，這可是在知道我們家這隻狼的真實身分之下，挑出來的人選，相當值得期待。」

聽到羅倫斯以開玩笑的口吻說道，赫蘿一副感到無趣的模樣哼了一下，寇爾則是表情僵硬地笑了笑。

在修道院那個早晨，羅倫斯就是告訴赫蘿這件事情。

羅倫斯能夠收集情報，並照著約定帶赫蘿回到故鄉。

不過，關於回到故鄉後的行動，好比說讓德堡商行打不了如意算盤之類的英雄行為，就不是羅倫斯能夠承諾的範圍了。

德堡商行是直接支配北方有力礦山的大商行。在他們的世界，絕非只要有錢就能夠生存下去。對德堡商行而言，就連設法讓布琅德大修道院把聖遺物賣給珍商行的舉動，也不過是大目標裡的一小部分。

從哈斯金斯口中得知這般事實時，羅倫斯在因為世界之大而心生怨恨之前，不禁先有了一種愚蠢極了的感覺。

羅倫斯個人的力量有限，身為旅行商人的力量更是微弱。

不過，赫蘿不會責怪羅倫斯的無力，所以羅倫斯也不會感到難為情。

只做自己做得到的事情。相對地，面對做得到的事情時，一定全力以赴。

「總之，我們先回到凱爾貝。我打算在凱爾貝跟一個商人見面。」

凱爾貝是發生一角鯨騷動的地點。

赫蘿一副訝異模樣詢問說：

「跟那個一直找汝麻煩的小毛頭？」

「妳是說基曼啊？不是他。我要跟一個是哈斯金斯先生同伴的商人見面。」

聽到羅倫斯的答案後，赫蘿露出顯得更厭惡的表情說：

「又要借助羊的力量啊……」

「這次的對象不是牧羊人，感覺多少好一點吧？」

赫蘿與自尊心強的貴族不同。

雖然乍看下赫蘿確實一副自尊心很強的模樣，但其內在其實像個小孩子一樣，經常做出愛面子或意氣用事的舉動，而她本人也承認這樣的事實。

聽到羅倫斯的話語後，赫蘿一副沒有抱著太大期待的模樣反問說：

「那麼，不是牧羊人是什麼？」

羅倫斯簡短回答了一句：

「畫商。」

如同河川會隔開兩個國家，中間如果隔著海洋，就算距離不算太遠，氣候也會截然不同。因為氣候大不同，甚至還有人開玩笑說，因為隔著海洋通信，所以把對方國家的夏天誤以為是冬天。

港口城鎮凱爾貝的天氣雖冷，但還不至於到嚴寒的程度。

然而，如果橫越流入凱爾貝的河川北上，四周就會立刻化為與溫菲爾王國沒什麼兩樣的雪景，讓人不禁讚嘆世界的構造真是奇妙。

「咱們要在城鎮北端下船，還是南端？」

赫蘿在船上這麼詢問，並從棉被底下露出睏得快睜不開的眼睛。赫蘿拿天氣太冷當藉口，直到方才還一直喝著酒。

羅倫斯把手伸向赫蘿的頭，然後一邊輕輕用手指撥動瀏海，一邊回答說：

「南端。就是比較熱鬧的那一邊。」

凱爾貝因為河川流經中央位置，使得城鎮分為南、北兩端。北凱爾貝住著從以前就住在這塊土地上的居民，南凱爾貝則住著來到新城鎮的商人們。

比較熱鬧的一端是商人們居住的南凱爾貝。

「嗯。如果是這樣……或許可以期待吃到美食。」

赫蘿說到一半時還打了一聲哈欠，然後抿著嘴咀嚼。她看向遠方的目光，不知究竟幻想著吃了什麼大餐？

羅倫斯一邊回想荷包裡的錢，一邊有些話中帶刺地說：

「說真的，早知道就帶幾隻羊走。」

在布琅德修道院從事牧羊人工作的哈斯金斯，說了好幾次會偷偷帶回幾隻肉質肥嫩的羊隻，讓羅倫斯等人帶走。

「嗯……不過，要帶著走畢竟很麻煩。」

「難得妳會做出這麼顧及現實性的判斷。」

羊並不便宜，而且如果還是由哈斯金斯這個黃金之羊化身來挑選，肯定會挑選出找不到更肥嫩肉質的羊隻。

然而，羅倫斯還是沒有收下。拒絕的理由正是赫蘿所說的原因。

羅倫斯拒絕哈斯金斯的提議時，赫蘿雖然一副不滿模樣，但其實是明白羅倫斯的難處。

「這麼點事情咱當然懂得判斷。不管怎麼說，咱們這團體已經有……」

在棉被底下把行李當枕頭躺著的赫蘿，從羅倫斯的手指之間投來顯得壞心眼的目光。

赫蘿之所以沒有把話說完，不知道是因為她的體貼表現，還是嫌麻煩。

「我看妳跟寇爾一樣睡個覺好了。」

寇爾因為害怕搭船，所以喝了一口不敢喝的酒後，就一直在羅倫斯身邊睡著。

聽到羅倫斯的話語後，赫蘿緩緩閉上眼睛回答說：

「咱雖然不怕搭船，但很怕喝酒。因為怕喝酒，所以恨不得能夠睡著，但為了避免睡著，就不得不喝更多酒。」

這是對勸誡人們不要飲酒過度的聖職者，所說的有名笑話。

赫蘿令人害怕之處是，她這麼挑選話語並非為了表現知識，而是她真的這麼認為。

「怕支付餐費的我，只能喝下眼淚嗎？」

赫蘿八成是覺得無趣，所以沒有回答羅倫斯。

在這之後沒多久，船隻如預訂時間抵達了凱爾貝。

等到羅倫斯叫醒寇爾，並讓賴床的赫蘿好不容易站起來時，船艙已經只剩下他們三人。

「啊～呼。才過了幾天而已，怎麼有種非常懷念的感覺吶。」

走下船隻，並站上南凱爾貝的土地後，赫蘿這麼說。

的確，羅倫斯三人在凱爾貝被捲入了城鎮差點一分為二的騷動，或許這個地方讓人印象特別深刻吧。

「可能也是因為溫菲爾是一片雪景，跟這裡完全不同的關係吧。不過，對喔。」

看見赫蘿動作輕盈地獨自伸著懶腰，羅倫斯背起與寇爾分擔的行李，並按住赫蘿的長袍下襬，以遮住就快露出的尾巴後，接續說：

「認識妳後，這是我們第一次來到同個城鎮兩次啊。」

「嗯?嗯。聽汝這麼一說，才發現確實是如此。」

在目睹過溫菲爾的不景氣模樣後，凱爾貝不變的吵雜聲更讓人感到懷念。對於身處生意世界的人來說，果然還是擁有充滿活力市場的城鎮比較好。

「原來如此，這樣也會覺得像是跟汝一起旅行了很久。」

「嗯?」

赫蘿一邊瞇起眼睛環視四周，一邊在身後交叉起雙手先走了出去。

「因為每經過一個城鎮，老是遇到回想起來足以笑上五十年的事情。」

羅倫斯不禁覺得赫蘿的背影看起來有些落寞，他也相信不是自己多心。

因為羅倫斯知道當赫蘿回想起一件往事而笑上五十年時，他肯定已經不在赫蘿身邊。

「……」

發覺羅倫斯沒有做出回應後，赫蘿忽然停下腳步，並轉過身面向羅倫斯說：

「對了，汝啊，要不要讓愉快之旅再增添一件往事啊？」

羅倫斯把視線移向赫蘿後方一看，看見店家在屋簷下正準備把鰻魚丟入油中。

前往洋行寄放行李時，羅倫斯在不會帶來不良影響的範圍內，向為他寫了介紹信的基曼，說明了在布琅德修道院遇到的事情。

基曼一路保持愉快表情聆聽到最後，然後遞出一封信件代替回答。基曼說這封信件是前陣子從往南走就會遇到、以加工皮革出名的城鎮寄到洋行來。

不用問也知道寄件人是誰。

信件上只寫了一句「撈了一大筆」，如果把信件拿來嗅一嗅，肯定會嗅出不同於赫蘿的狼味道。

「畫商？您是指攸葛商行嗎？」

「是的，我想與哈夫那．攸葛先生見個面。」

「如果是這樣，走出洋行後，只要順著道路走下去，就會發現攸葛商行在右手邊。攸葛商行的屋簷下掛著代表他們商行的羊角圖案徽幟，所以很容易找到。」

因為知道哈斯金斯與其同伴攸葛的真實身分，所以聽說如此大膽的圖案徽幟時，羅倫斯不禁露出苦笑。

「不過，您會想找攸葛商行，還真是挑了個特殊的地方呢。」

買得起畫的人大多身分很高，而專門賣畫的商行根本不是區區旅行商人能夠進出的場所。身為負責守護羅恩商業公會名聲的一人，基曼或許是在擔心羅倫斯會不會又被捲入什麼怪事。

雖不是刻意想為基曼排除這般擔憂，但羅倫斯心想說不定基曼知道什麼情報，所以沒有抱著太大期待地回答說：

「我想跟一個名為弗蘭．沃內莉的銀飾品工藝師見面。」

羅倫斯說出這個哈斯金斯告訴他的名字後，基曼臉上明顯化為驚訝的表情。

「您知道這個人物嗎？」

基曼用手輕輕撫摸臉頰抹去驚訝表情後，露出溫和笑容這麼說：

「對方是個有名人物。不過，是以壞評價出名。」

這是怎麼回事呢？

羅倫斯稍微環視四周一下，而這樣的舉動是無言地催促著基曼繼續說下去。

「對方的顧客性質不好。」

基曼這時露出的眼神，與其說像在說沃內莉個人的壞話，更像在為羅倫斯擔心。

「雖然弗蘭．沃內莉是個被稱讚年紀輕輕，精湛工藝便已得到諸侯賞識的銀飾品工藝師，但這裡指的諸侯淨是一些暴發戶，這些人背後都有黑暗的過去。不僅如此，大家不曾聽說弗蘭．沃內莉在某處的工作坊拜師學藝過。感覺是個很可疑的人物。」

擁有如蜘蛛網般情報網的基曼都這麼說了，事實肯定也是如此。

弗蘭．沃內莉到底是個什麼人物呢？

羅倫斯這麼思考著時，基曼在最後補上一句說：

「我想應該不要跟這樣的人物扯上關係比較好。」

在公會裡，基曼與羅倫斯的身分之差宛如天與地。

既然基曼表示了不要扯上關係比較好，羅倫斯就應該當成是「不准扯上關係」的命令。

然而，拿著筆在帳簿上記錄的基曼畫完最後一條線後，輕輕咳了一聲說：

「糟糕，好像不小心讓您聽見了我在自言自語。」

說到基曼這時露出的笑臉，真是再刻意不過了。

基曼似乎願意把方才的話語，當成是出自親切心的忠告。

向基曼道謝後，羅倫斯急著與在洋行外等待的赫蘿與寇爾會合，而準備離開。

這時，基曼保持視線落在帳簿上搭腔說：

「您準備分最後一筆利潤時，記得與我聯絡。」

如果稱基曼為朋友，或許顯得厚臉皮。

即便如此，羅倫斯還是有種感覺。

他覺得自己與基曼之間建立出了令人愉悅的關係。

「那是一定的。」

羅倫斯露出笑容簡短回答後，離開了洋行。

「您沒事吧？」

寇爾露出擔心表情問道。如果照常理來思考，在赤裸裸地表現出慾望，並爭鬥一番後，一般人想必連對方的臉都不想看見吧。

然而，世上儘管有數不盡的人，卻沒有什麼人比商人更沒有節操，甚至能夠與以往互鬥過的對象開心喝酒。

羅倫斯摸了摸寇爾的頭後，這麼說：

「洋行收到了一封信。上面只簡短寫著『撈了一大筆』。」

寇爾的表情忽然整個明亮起來，或許寇爾也惦記著伊弗。

而伊弗也相當疼愛寇爾。

此刻只有赫蘿一人顯得很不開心。

「但願別是好不容易過了一關，又來了一個難關吶。」

赫蘿應該是對甚至有過想要殺害羅倫斯念頭的伊弗，以及基曼所形容的弗蘭・沃內莉感到在意。

單純就基曼提供的情報來說，弗蘭・沃內莉肯定是個難纏傢伙。

或許是羅倫斯臉上不小心露出彷彿在說「不過，妳這個最難纏的傢伙好意思說人家嗎？」似的表情。

赫蘿哼了一聲後這麼說：

「那麼，汝說的那個什麼畫商在哪？」

當赫蘿明顯表現出心情不好的模樣時，代表著其實心情很好。

羅倫斯走了出去後，赫蘿乖乖地跟了上來。

不久後看見掛在攸葛商行屋簷下的徽幟，赫蘿掩飾苦笑地嘀咕說：

「真搞不懂那些傢伙的膽子是大還是小。」

「這道理或許就跟使用老鷹圖案做為家徽的貴族出乎意料地多一樣。」

說著，羅倫斯打開加了精緻裝飾、外觀樸素卻彷彿泛著金光的木門。打開門的瞬間，顏料的獨特氣味撲鼻而來。

以面向大馬路的商行來說，攸葛商行的規模或許算小。

不過，一眼就能夠看出攸葛商行生意做得不錯。掛在整面牆上的圖畫，加上立在店內各處的圖畫數量相當多。這些圖畫有著一個共通點。

那就是圖畫的大小。

一般來說，不管圖畫上畫了什麼圖樣或畫家是誰，對價格幾乎不會造成影響。圖畫的價值幾乎就等於顏料的價格，因此，圖畫的價格是依其大小及色澤而定。

放在這家小規模商行裡的每幅圖畫都很大，而且使用了多種顏料呈現出鮮艷色彩。如果要標上價格，肯定會是相當高的金額。

「哇啊……」

這些圖畫從描繪神明或聖母的模樣，到在深山或森林、洞窟或湖邊度過隱居生活的聖者模樣，可說包含了各式各樣的題材。

其共通點就是，每幅圖畫上的背景都顯得特別大。

那感覺就彷彿比起描繪神明或聖母，更想描繪背景一樣。

「老闆不在啊？」

赫蘿發出感嘆的聲音，而寇爾則是根本說不出話來。羅倫斯沒理會兩人往商行裡面走去。

當然了，羅倫斯沒忘記回頭叮嚀好奇心旺盛的赫蘿一句：「別亂碰圖畫。」

雖然赫蘿一副彷彿想說「別把咱當成小孩子」似的不悅模樣鼓起雙頰，但她的手指正準備朝向隆起的顏料表面摸去。要是因為手指勾到而使得顏料剝落，三人就得立刻轉過身拔腿逃跑。

「有人在嗎!?」

羅倫斯朝向最裡面的房間大喊後，傳來「叩」的一聲硬物撞擊聲。

老闆似乎是在更裡面的倉庫裡。

聽見模糊的回應聲傳來後，羅倫斯一邊眺望掛在牆上的圖畫，一邊等待老闆走出來。

那是一幅描繪修道士行進模樣的圖畫。

順著河岸行進的多名修道士後方，有著一大片肥沃的森林與高山。

「來了！來了！有什麼事嗎？」

隔了一會兒後，一名與其說像羊，更像豬隻的男子從裡面走了出來。

男子頭上戴著扁平帽子，乍看下也有點像聖職者，但身上的服裝卻是商人穿的頂級貨色。

男子的模樣與哈斯金斯有著強烈的對比，看起來就像個利慾薰心的商人。

「我想找哈夫那·攸葛先生。」

「喔？我就是哈夫那。呃……您找我到底有什麼事呢？」

羅倫斯的模樣一看就知道是個旅行商人，而且身旁的兩名旅伴一個是修女，一個是像從貧民救濟院出來的少年。

賣畫給富裕人家收藏的商行不是這般組合會來的地方。

「是這樣子的，我是在布琅德修道院的哈斯金斯先生介紹下——」

羅倫斯說到這裡的瞬間——

攸葛那像豬鼻子一樣的大鼻子抽動了一下，其視線看向某個定點就這麼僵住了。

察覺有視線投來後，赫蘿把目光從描繪聖母手拿蘋果的圖畫上移向攸葛。

儘管身形嬌小，赫蘿終究是一隻狼。

「啊、啊、啊……」

「她的名字叫做赫蘿。哈斯金斯先生也非常照顧她。」

面對感到畏懼的攸葛，羅倫斯盡可能地面帶笑容說道。

然而，攸葛似乎已經慌張得什麼話也聽不進去。他一副想要立刻轉身逃跑，卻移動不了雙腳的模樣，像是被赫蘿的目光釘住了似地注視著赫蘿。

所以，赫蘿移動了腳步。

她連嘆一口氣也沒有，便迅速走近攸葛，然後這麼說：

「對了，有沒有像那幅畫上畫的蘋果？」

說到人類在森林遇到野狗群時會怎麼做，那就是拿出肉乾，然後丟得遠遠的。這樣的做法立刻見了效。

攸葛拚命地點頭，就連雙頰的贅肉也跟著晃動了起來，最後退到了最裡面。

「與其說是羊，更像豬吶。」

看著攸葛的背影，赫蘿發愣地說出這般話語。

看見用木盤堆了滿山的蘋果端來，赫蘿毫不客氣地伸出了手。

至於攸葛，他明明是這家商行的主人，卻一直站在房間角落。

「攸葛先生。」

羅倫斯這麼搭腔後，攸葛嚇了一跳地縮起其龐大身軀。

勸著攸葛坐下時，羅倫斯都快分不清誰才是商行主人了。

「哈斯金斯先生已經跟我們說明過您的事情了。」

原本一直凝視著蘋果，並且不停擦拭汗水的攸葛聽了後，忽然停下擦汗的手。

攸葛壓低頭抬高視線地看向這方，那眼神甚至像在請求這方大發慈悲。

「哈斯金斯說……不能吃汝。」

赫蘿一邊大口咬著蘋果，一邊趁著這個空檔說道。

她帶著捉弄意味地用一邊眼睛看向攸葛。比起攸葛是一隻羊的事實，赫蘿或許純粹是因為攸葛的害怕態度，而感到不悅。

不過，就算攸葛沒有表現出害怕模樣，赫蘿也可能因為這樣而感到不滿。這或許是身為狼才有的複雜心態吧。

「因為太硬。」

聽到赫蘿說出多餘話語，羅倫斯趕緊補上一句說：

「哈斯金斯先生說您是個硬骨頭的成功商人。」

「……您們對哈斯金斯翁……不，您們與哈斯金斯翁之間到底發生了什麼事？」

如果再有勇氣一些，或許攸葛是想說「您們對哈斯金斯做了什麼」也說不定。

然而，赫蘿大口咬著蘋果時，嘴裡的尖牙清楚可見。

羊與狼是勢不兩立的存在。

掠食者是哪一方，被吃的又是哪一方；這個不變的事實甚至比漫長歲月的盡頭更為悠長。

「哈斯金斯先生告訴了我們他在修道院的努力。那是一件非常了不起的事情。然後，我們也幫了他的忙。」

攸葛的視線在羅倫斯與赫蘿之間足足來回移動了三次。

「……哈斯金斯翁怎麼會提到我的名字？」

「因為我們在尋找很熟悉北方地區的人。」

攸葛的眼神慢慢恢復活力。

身為畫商的攸葛事業做得很成功是無庸置疑的事實，所以面對既是人類，又是旅行商人的羅倫斯，肯定能夠保有同等，甚至高於羅倫斯的地位。

「這……是的。如果是這樣……」

即便如此，攸葛還是把話含在嘴裡，而且愈說愈小聲地這麼嘀咕。然後，他一副想繼續說下去的模樣說了句：「可是……」並看向赫蘿。

連續吃了不知五顆，還是六顆蘋果後，赫蘿一副彷彿在說「暫時解了渴」似的模樣舔著沾在手上的汁液。

舔完小指和無名指交接處後，赫蘿突然開口說：

「自稱是哈斯金斯的那傢伙，就是那隻有骨氣的羊。他懂得待人處世的道理。」

「……」

攸葛沒能夠繼續說話，甚至還不敢呼吸地看著赫蘿。

「意思就是說，他懂得要好好報答咱們的恩惠。這報恩能不能夠有結果……」

赫蘿瞥了攸葛一眼。

「就在於汝願不願意提供協助。」

「那……」

攸葛一副像是食物卡在喉嚨似的模樣閉上嘴巴，然後先吞了口口水，才接續說：

「那當然沒問題……只要是哈斯金斯翁的請求……」

「嗯。」

赫蘿輕輕頂了一下羅倫斯的手臂，應該是在說「接下來就交給汝了」。

在這之後，赫蘿輕輕頂了一下寇爾的手臂，她是在告訴寇爾說「難得有蘋果，還不快吃」。

「那麼，不知道攸葛先生能不能幫我們介紹呢？」

「喔……的確，我們商行做的是圖畫買賣，畫家當中也有不少人習慣旅行度日。也就是說，那個……」

「是的，哈斯金斯先生告訴我們一位銀飾品工藝師的名字。」

就在這個瞬間——

攸葛第一次露出像個畫商的表情。

羅倫斯身旁的赫蘿從一副事不關己模樣吃著蘋果的任性女孩，變成了一匹狼。

「哈斯金斯先生說的名字是，弗蘭．沃內莉。」

攸葛鬆垮的臉上堆起皺紋。

這樣的反應並非因為恐懼。

那是商人被他人發現自己所做的生意當中，最有賺頭的生意時，會露出的獨特表情。

然而，攸葛早已變回了商人。

既然變回了商人，攸葛當然十分了解如果草率應付貴人所介紹的對象，代表著什麼意思。

「我認識這個人。」

「我聽說對方好像是個工藝精湛的銀飾品工藝師？」

聽到羅倫斯的詢問後，攸葛表情苦澀地點了點頭。

「沃內莉師傅靠著繪畫維生，但其實本業是銀飾品工藝師。雖不知道有過什麼經歷，但沃內莉師傅與多位達官顯要的交情很好，而且其工藝讓這些大財主個個鍾情不已……尤其是一些手持長槍和盾牌闖出一片天地、個性難應付的大財主，更是給予大好評價……」

對攸葛商行而言，再也找不到比弗蘭·沃內莉更好的搖錢樹。

攸葛應該很想這麼接話下去吧。

羅倫斯輕輕咳了一聲說：

「方便介紹給我們認識嗎？」

誰也不想他人靠近自己的搖錢樹。

羅倫斯非常了解攸葛這般心態。

而且，這個突然來到商行的他人，還是帶著一身窮酸樣的少年、看似旅行商人的男子，以及狼之化身。

攸葛就是想像了自己被狼一口咬斷脖子然後啃個精光的畫面，想必也沒人能責怪他膽小。

明顯看得出攸葛拿出心中的天平，衡量著哈斯金斯的恩惠、自身利益以及人身安全的重量。

赫蘿伸出手輕輕觸摸了天平。

「約伊茲。」

「咦？」

攸葛把視線移向赫蘿。

「約伊茲。一個古老的名字。聽說記得這名字的人已經變得很少，知道其位置的人更少。」

攸葛應該已經口渴不已，卻不停地想要吞口水。

「咱在尋找故鄉。咱的故鄉就是約伊茲。汝呢？汝聽過約伊茲嗎？」

如果要說赫蘿這樣的態度顯得輕率，或許確實如此。

不過，這般態度也像一個王者厭煩於為了當王者而逞強的感覺。

「如果汝聽過，可不可以告訴咱？拜託。」

赫蘿縮起身子，並低下了頭。

羅倫斯不禁覺得赫蘿要是露出了尾巴，彷彿都快看見尾巴夾在雙腿之間。

「那……那、那個……」

看見赫蘿的舉動，連羅倫斯都感到驚訝了，攸葛的感覺恐怕已經超乎驚訝，而是感到不安。

攸葛半抬高坐在椅子上的屁股，嘴巴一張一合地試圖想對羅倫斯與寇爾說些什麼。

赫蘿會做出這般舉動，或許有一部分是因為懶得與人展開拉鋸戰，但或許赫蘿自身在心境上也有了變化。

尤其是在溫菲爾時，赫蘿在每次都讓她瞧不起的羊隻面前，體認到了自己的幼稚。赫蘿這次的態度並非高傲地逼迫對方，而是在請求對方給予答案。

攸葛的膽子或許很小，卻是個心胸寬敞的男人。

「請、請抬起頭來。既然是哈斯金斯翁的介紹，不、不對，像我這種對象，您都願意如此謙虛，我身為一隻羊，當然願意提供協助。所以……」

請抬起頭來。

聽到攸葛這最後一句話，赫蘿緩緩抬起頭，並露出微笑。

面對比自己年長好幾百歲的赫蘿，羅倫斯或許不該這麼說，但羅倫斯真心認為從赫蘿的笑臉，看得出她又成長了一些。

第二幕

除了蘋果之外，攸葛還端出了溫過的葡萄酒。

「喝了會很暖和喔。請喝。」

羅倫斯道謝後，喝了一口葡萄酒，赫蘿也跟著羅倫斯喝了一口。赫蘿明明不敢喝這種酒，卻裝作一副沒事的樣子。因為只有寇爾一人喝著加熱過的山羊奶，所以赫蘿一副羨慕模樣斜眼看著寇爾，讓羅倫斯不禁覺得有些好笑。

「對了，三位是要找銀飾品工藝師弗蘭・沃內莉吧。」

「是的。」

雖然攸葛一副嘴裡還含著什麼似的模樣，但立刻下定決心地接續說：

「她現在正好在凱爾貝逗留。」

赫蘿露出明顯不帶笑意的笑臉看向攸葛，而羅倫斯也不是不能體會她的心情。

不過，既然弗蘭・沃內莉是珍貴的收入來源，攸葛當然會想隱瞞。

羅倫斯輕輕拍了一下赫蘿的膝蓋後，詢問說：

「是為了繪畫或製作工藝品嗎？」

「不是。應該是說為了這些工作做準備吧。她平常總是到處奔走，所以我還以為會有好一段時間聯絡不上，沒想到她前幾天突然出現，並這麼告訴我。她說恰巧聽到了某個傳說。」

「傳說。」

聽到羅倫斯以確認的口吻嘀咕道，攸葛點了點頭說：

「這個傳說跟一個叫做堂斯格村的村落有關。堂斯格村位於呈長方形橫跨廣大北方地區的山脈腳下。那裡的山很高，森林很深，沃內莉師傅好像就是為了追查跟那裡的森林和高山湖泊有關的傳說，才來到凱爾貝。」

聽到「與森林和湖泊有關的傳說」，羅倫斯看向身旁。

然而，赫蘿沒有看向這方，因此羅倫斯與赫蘿後方的寇爾視線交會。

「攸葛先生您知道這個傳說嗎？」

「我當然聽說過這個傳說，不過……如您所知，我們擁有獨自的情報網。所以對於這個傳說的真偽，我們有某程度的了解……」

「也就是說，很可能是假的？」

攸葛輕輕點了點頭。

「不過，沃內莉師傅是個個性難應付的人，只要她決定以某目標作為銀飾品題材，就絕對不會改變決定。很多客人會鍾情於她，也包含了這般態度就是了……」

「您的意思是，她沒時間幫我們畫地圖？」

「是的。還有……」

「還有什麼呢?」

聽到羅倫斯反問道,攸葛一副很過意不去的模樣這麼回答:

「的確,沃內莉師傅為了追求銀飾品題材,而在北方地區到處奔走。而且,關於您想知道的古老地名知識,相信她也比我和哈斯金斯翁知道得更詳細。畢竟她總是一個一個地實地追查傳說。」

羅倫斯點了點頭,催促攸葛說下去。

攸葛的這段話並沒有回答羅倫斯方才的問題。

「是的。不過,我不知道開口拜託沃內莉師傅畫地圖,她會不會坦率地接受請求。因為我也是歷經千辛萬苦,才好不容易建立出現在的關係……」

攸葛面帶苦澀表情不停地擦拭汗水。

如果攸葛不是在演戲,就表示這位弗蘭・沃內莉真的很難應付。

「怕什麼?沒什麼好擔心。」

然而,赫蘿沒理會攸葛的這般擔憂。她一派輕鬆地說道,並咧嘴露出尖牙。

赫蘿是開玩笑地在表示「只要威脅對方就好」。

雖然攸葛的表情化為笑臉,但並非因為覺得好笑而笑。

工匠本來就是「頑固」的代名詞。成為傳說的鐵匠當中，據說有些人儘管陷入極度貧困的生活，又被迫打造長劍，卻寧願吃掉落在鐵砧上的鐵鏽充飢，也不願意去做非出自本意的工作。

面對這般對象，如果某天突然前來拜訪，並要求對方畫北方地區地圖的舉動或許顯得無謀。

「我明白了。不過，能夠麻煩您幫我們說幾句好話嗎？」

聽到羅倫斯的詢問後，攸葛讓身體往前傾。

攸葛的這般動作或許是在強調他已抱了堅定不移的決心，決定說出接下來的發言。

「因、因為她是個難應付的人……」

羅倫斯知道介紹來路不明的人給弗蘭．沃內莉認識，已是攸葛最大的讓步。

因此，羅倫斯稍微思考了一下。

一方是惹火一位銀飾品工藝師，另一方是賣面子給為攸葛這些羊隻化身守護故鄉的哈斯金斯。把這兩件事情放上天平秤了後，攸葛決定取銀飾品工藝師這一方。

如果無論如何都希望攸葛協助，是否應該向哈斯金斯拿取什麼能夠做為記號的物品呢？還是，攸葛並非那麼重情義的人呢？

再不然就是，弗蘭．沃內莉是值得讓攸葛這麼做的銀飾品工藝師。

憑羅倫斯這種一般人的頭腦，也能夠做出這些推測，更別說以畫商身分獲得成功的攸葛了。對攸葛來說，少許時間內要看出羅倫斯在思考什麼並非難事。

更重要的是，攸葛眼前有一個萬一惹火了，會更加危險的存在。

攸葛用著幾乎像在求饒似的認真口吻說了起來：

「我不想惹火沃內莉師傅確實是為了生意。但是，我不是為了錢。生意永遠是為了賺取金錢的行為。」

羅倫斯感興趣地看向攸葛，只見攸葛一副已下定決心的模樣站起來，然後走近某幅畫下。

「這幅畫是在畫一個古名稱為帝拉的地方。」

比起其他圖畫，掛在牆上的那幅畫大了一圈，上面畫出巨大岩石散落地面的荒地，荒地上有一位隱者站在光禿禿的山崖前方，朝向天空舉高雙手向神明祈求。

那幅畫可能是在描繪攸葛所說的「帝拉」當地的守護聖人，或是在描繪聖人傳說。

這樣的圖畫其實到處可見。不過，就羅倫斯的知識來說，這幅畫比較特別的地方是，其重點看起來像是放在背景上，而不在隱者上。

羅倫斯這麼思考著時，攸葛說出令人意外的事實：

「這裡是我的故鄉。」

「唔！」

羅倫斯感覺得到身旁的赫蘿變得僵硬。

「不過，我的故鄉以前是個更肥沃的地方。也沒有這樣的山崖……這個山崖其實是爪痕。」

赫蘿以沙啞的聲音說：

「獵月熊的爪痕？」

「是的。那是我們永遠忘不了的記憶。這幅畫是透過像沃內莉師傅這樣的人的協助，才畫了出來。那已經是幾十年前的事情了。為了過去的故鄉同伴，或際遇相似的同伴，我在這裡經營畫商，並收集畫了同伴們不得不捨棄的故鄉模樣，或是發生那場大災難後就回不去的地方模樣的圖畫，然後賣出去。如果說這麼做不是為了賺錢，那會是在騙人，但賺錢只是次要目的。」

攸葛以看向遠方的目光眺望著畫中景色，就彷彿眼前有一大扇窗戶似的。

「而且，這幅畫上的景色如今已經不存在了。聽說是發現了金礦脈……說來諷刺，聽說為了畫這幅畫而請來帶路的男子，就是發現礦脈的人。就算沒有人發現礦脈，景色也會因為被風吹蝕、被河川浸蝕而逐漸改變。放在那間房間裡的圖畫，或是已經裝飾在某處教會或宅邸的圖畫中的景色，很多不是已經消失，就是慢慢即將消失。而且，圖畫本身也有保存期限。」

攸葛輕輕撫摸畫緣，說完話後也一直望著圖畫好一會兒。

這裡是剪下一小段不停改變的歲月，並加以保存的地方。

人類覺得時間漫長的自然景色變遷，對攸葛他們而言，時間或許過得太快了。

時間明明過得很快，過去的回憶卻永遠不會改變，這使得現實與回憶之間的差距越拉越大。

攸葛忽然看向這方，然後看似困擾地笑了笑。雖然知道攸葛的目光應該是看著赫蘿，但羅倫斯沒有看向赫蘿。因為他擔心如果看了赫蘿，赫蘿會覺得受傷。

這時候只有活在相同時光裡的攸葛，能夠向赫蘿搭腔。

「可以的話，我很想幫助妳。這不單單是為了我們羊。因為我的顧客裡也有鹿、兔子、狐狸，還有鳥的化身。」

羅倫斯聽見赫蘿動了一下而傳來的衣服摩擦聲。

但是，羅倫斯當然不會問赫蘿做了什麼。

「可是，弗蘭．沃內莉師傅的知識和能力非常地珍貴。她擁有只要看了一遍，就不會忘記的記憶力，以及不惜失去性命也要達到目的的意識。她把所有熱情全灌注在『讓景色化為形體』這件事上，我們怎能失去她的協助。不管怎麼說，畢竟已經沒時間了。」

攸葛眼裡發出強而有力的光芒，那是只為了自身利益而行動的人，絕對無法發出的光芒。

在他們這些存在的生命痕跡會毫不留情地消失之中，攸葛所做的工作是，試圖讓生命痕跡留下記錄。

不過，攸葛的話語讓羅倫斯有些在意。

攸葛所說的「沒時間」，是指景色變遷的速度太快嗎？

「沒時間？」

「是的。我們必須加快腳步。我們想請沃內莉師傅畫下來的地方有高山景色。但是，她的壽命實在太短了。我們時常在想，要是她也跟我們活在相同時光裡該有多好。」

聽到攸葛的話語後，羅倫斯不禁發出驚訝聲，而他相信感到驚訝的不只自己。

羅倫斯一直以為名為弗蘭．沃內莉的銀飾品工藝師，也與攸葛他們一樣是特別的存在。

不過，既然這樣，只要試著這麼發問就好。

——既然在意時間，為什麼能夠走過悠長歲月的你，不靠著自己的雙手畫下景色呢？

「我也勉強算是個商人。」

羅倫斯忍不住摸著臉思考。或許是羅倫斯的表情說出他在思考什麼。

攸葛先低下頭輕輕嘆了口氣，然後看向掛在牆上的圖畫，並瞇起眼睛說：

「我知道您想說什麼。過去我們也真的拿起畫筆過……以前版畫比較多，我們有一些同伴會把北方和東方地區，還有如今已失去過往景觀的南方地區畫下來。但是，這些同伴也不是不死之身。」

赫蘿是寄宿在麥子裡的狼之化身。羅倫斯記起赫蘿曾說過如果失去讓她寄宿的麥子，其存在可能也會消失。而且，或許赫蘿也有其壽命也說不定。

不過，從攸葛的語氣中，聽不出其同伴是因為壽命到了而死。

在包括赫蘿的這些特別存在的身上，羅倫斯從未感受到自然死亡的概念。

攸葛平靜的眼神看向羅倫斯。

那眼神如年歲已高的賢者般顯得柔和且深奧。

「這些同伴拿著畫筆走訪各國，並仔細觀察現實世界。他們本來就是在使命感驅使下，才拿起畫筆的一群。因為人類而遭到開拓的森林、被改變流向的河川、被挖掘的高山，或是被埋起的山谷。這般景色不斷出現眼前後，不知不覺中大家變得無法忍受繼續坐著畫圖，手中的畫筆也變成了長劍。」

羅倫斯曾經聽過這樣的故事。

他朝向寇爾一看，發現寇爾聽得入神。

「然而，寡不敵眾。其中一個同伴被教會放火燒死，一個同伴被大軍踏死，還有一個同伴為自己的無力感到懊惱而……剩下的同伴很多甚至不存在我們的記憶裡，如同泡沫般消失。說到人類……啊，抱歉。」

「不會。」

聽到羅倫斯這麼回答後，攸葛顯得悲傷地笑了笑。

「說到人類，是強大力量的集結。世界霸權早就移轉到人類手上，我們的時代已經過去。不願意承認這般事實的同伴們紛紛向人類挑戰且失敗，最後變成羊皮紙上的傳說。然後，就連這留下記錄的羊皮紙，如今也落得被老鼠啃、被蟲咬的下場。現在只剩下了我們這些正如人類口中的溫馴羊兒。包括我自己在內，現在大家甚至沒有拿起畫筆的勇氣。看見有勇氣的同伴們一個接著一個消失……實在讓人覺得非常殘酷。」

現在羅倫斯完全明白了為何攸葛寧願不顧同胞哈斯金斯和狼之化身赫蘿，也要顧及身為人類的弗蘭・沃內莉。

攸葛肯定沒有讓弗蘭・沃內莉知道他們的真實身分。

這麼一來，攸葛他們想要留住弗蘭・沃內莉的方法可說少之又少。只要能夠讓弗蘭・沃內莉拿筆畫圖，攸葛他們肯定不斷奉承對方，為了討好對方，想必也會接受任何難題。

對攸葛他們而言，光是讓弗蘭・沃內莉認同其存在，肯定已是最大極限的讓步。

「的確很殘酷。」

說著，赫蘿喝下她不愛喝的酸葡萄酒。

「汝見到咱會那樣失去冷靜……也是這樣的原因……是唄？」

羅倫斯看向了赫蘿，而寇爾也看著赫蘿。

就算小鳥和狐狸曾來到羊身邊，想必也不可能有狼來過。

擁有尖牙利爪的存在也會擁有勇氣。既然擁有勇氣，這些存在一定會先踏上戰場。

然後，也會是這些存在先死去。

果然還是一直凝視著赫蘿的攸葛緩緩點了點頭說：

「是的。正是如此。」

「呵。算了，無所謂。如果不是這樣，咱說不定反而會覺得難過。」

如果說赫蘿夠資格擁有賢狼之名，那肯定是因為擁有這般豪爽態度。

而攸葛肯定也是在這個瞬間，不再對赫蘿感到恐懼。

「……您非常堅強。像我有時候甚至會想，既然一樣要走過那麼漫長的歲月，我寧願生為木頭或石頭。」

在對話的最後，赫蘿一點也不覺得難為情地這麼說：

「呵。咱不會有這樣的想法。畢竟如果生為木頭或石頭，就不能跟這些傢伙一起旅行吶。」

攸葛也笑著回答說：

「是的。試著在人類世界生活後，才發現其實滿愉快的。」

「嗯。都是一些和藹可親的傢伙。」

身為和藹可親的傢伙中的一人，羅倫斯只能露出苦笑在旁聆聽。

不過，喝下攸葛招待的葡萄酒會覺得不甜，肯定不是偶然。

羅倫斯這麼想著。

金、銀、銅、鐵、錫、鉛、黃銅、石頭。

俗話說良莠不齊，在這樣的狀況下，根本看不出物品的價值。

趁著等待到街上走走的弗蘭回到商行的這段時間，攸葛帶了羅倫斯三人到倉庫參觀。倉庫裡不只有圖畫，還放了配合圖畫做推銷的各種工藝品和裝飾品，擠滿了整間倉庫。

「雖然也有很多贗品……這個是用來延展羊皮紙的長棍。嗯～這個應該經過鍍金處理。喔，對了。還有像這樣的商品，您覺得如何呢？」

身為倉庫之主的哈夫那・攸葛本人，似乎也沒有完全掌握到倉庫裡有哪些商品，他用手秤了秤長棍的重量後，做出這般判斷。

雖然攸葛應該是在考量到赫蘿與他們屬於相同存在，才願意說出弗蘭的事情，但他是羊之化身的同時，也是一個商人。

或許攸葛打算要賺得介紹弗蘭的酬勞。

因為放在倉庫最裡面的整批圖畫當中，說不定有描繪赫蘿故鄉約伊茲的圖畫，所以攸葛一邊為赫蘿與寇爾帶路，一邊緊跟在羅倫斯身邊。遊走各國的旅行商人或許沒有購買力，但擁有大量行情知識以及最新情報。攸葛是想要在一直丟在倉庫裡的商品堆裡，挖看看有沒有什麼寶。這讓羅倫斯覺得自己好像變成了在尋找埋在地底下菇類的豬。

依城鎮不同，確實會有流行或過時之分，在某個城鎮可能只要有狼的圖樣，任何商品都賣得出去，也有可能只要是金色商品，管他是純金還是鍍金都很搶手。在這個時機下，羅倫斯決定把旅途中見聞到哪些景氣好的城鎮，全告訴攸葛。

景氣好的城鎮就跟喝醉了酒沒什麼兩樣。

有時候即使是相當離譜的商品也賣得出去，而對於擁有這麼多破銅爛鐵的攸葛來說，倉庫或許是黃金做成的垃圾桶吧。

「我見聞到的大概就是這樣吧。」

「喔，不，實在是太感謝您了。雖然我只要坐在商行裡，就能夠收集到各地情報，但同伴們不是每個人都在從事生意方面的工作，所以其實還滿少收集到有益於做生意的情報。」

羅倫斯說明到一半時，攸葛拿出羽毛筆，並非常符合商人作風地在用過的訂單空白處，一項一項記下羅倫斯所說的內容。如果攸葛泛紅的臉頰不是裝出來的，羅倫斯提供的情報像是能夠讓他賺到一筆不小的錢。

畢竟攸葛是非人類的存在，先賣人情給他也不會有損失。

這句話要是讓赫蘿聽到了，肯定會皺起眉頭，但羅倫斯畢竟也是個商人。

不過，想著這些事情時，羅倫斯被破銅爛鐵堆裡的某樣物品吸引了目光。

「……這是……」

「喔。唉呀，原來這東西在這裡啊。」

羅倫斯從木箱縫隙裡取出該物品後，攸葛神情愉快地笑著說道，並伸出了手。

羅倫斯完全想不到該物品能夠有什麼用途。

因為交到攸葛手上的那物品，是赫蘿看了肯定會大笑出來的金蘋果。

「這東西到底是用來做什麼呢？」

「這東西是那個啊，就是這樣用來暖手的東西。」

「暖手？」

聽到攸葛的回答後，羅倫斯再次接過金蘋果，並用兩手包住後，發現確實有些溫暖。

「這東西專門賣給愛慕虛榮的商人。大家會先利用暖爐，或是讓跑腿的小毛頭用體溫讓這東西加溫後，一邊用手握住加溫取暖，一邊書寫東西。如果是旅行商人冬天在戶外使用，這東西肯定會黏在手上，拔都拔不下來。」

攸葛的話很正確。

不過，如果把這東西放在馬車上，不難想像赫蘿會像孵蛋一樣一直抱著取暖。羅倫斯腦中不禁浮現這東西或許有用的想法，但立刻急忙甩了甩頭。

不能被這種愚蠢商品給騙了。

這麼告訴自己的羅倫斯把蘋果放回了攸葛手上。

「不過，真的很謝謝您提供這麼多情報供我參考。」

攸葛一副滿足模樣這麼說，他一字不漏地記下羅倫斯說的話，最後把訂單空白處寫得密密麻麻一片。看見攸葛表現得如此開心，就算沒有損益牽扯其中，也讓羅倫斯感到欣慰。

「哪裡，我才應該感謝您呢。」

「正事辦完後，請務必留下來坐坐，讓我來好好招待三位。」

攸葛此刻的模樣就跟普通商人沒什麼兩樣。

羅倫斯露出笑臉點了點頭，並與攸葛握手。

「不過，赫蘿小姐和寇爾先生好像還在看畫……」

說著，攸葛勉強往上拉長其圓滾滾的身軀，並看向倉庫最裡面。

赫蘿探出頭一幅一幅地確認豎起的圖畫，而且每確認一幅，就與寇爾說上幾句話。

攸葛保持看著兩人的姿勢，忽然安靜了下來。

雖不是因為攸葛有著龐大背影，所以很容易觀察，但憑羅倫斯的觀察力，也能夠清楚看出攸葛在想什麼。

「方便請教三位是什麼樣的關係嗎？」

攸葛想必很在意三人的關係吧。

羅倫斯知道赫蘿應該豎起耳朵在偷聽，但沒看見她有什麼反應。

既然這樣，也沒什麼好隱瞞；這麼想著的羅倫斯邊走邊回答：

「我原本是在更南方地區行走的旅行商人。我跟赫蘿是在行商途中偶然相遇。」

「原來如此。」

「赫蘿因為受到以前的友人所託，而在麥子大產地負責掌控麥子收成好壞。不過，不知何時開始，村民似乎忘了赫蘿的存在，而讓赫蘿有了想要回到故鄉的念頭。我正好在這個時候駕著馬車經過，所以赫蘿就擅自爬上貨台。」

攸葛看似愉快地笑了笑，但其笑臉上忽然閃過冷靜的表情。

對攸葛他們而言，赫蘿的遭遇也不算是完全與自己無關。

「因為算一算赫蘿離開故鄉已經是好幾百年前的事情，她已經忘了故鄉的位置。所以，我們現在正為了尋找她的故鄉而到處行走。我們跟寇爾就是在尋找故鄉的途中相遇。他來自北方地區一個叫做彼努的地方。」

「喔～彼努啊。」

攸葛有些驚訝地眨了眨眼睛後，看向赫蘿兩人。

「彼努這地方很遠呢……不過，原來如此，原來是這麼回事啊。這樣我總算明白了哈斯金斯翁為什麼會介紹弗蘭．沃內莉師傅給三位了。」

羅倫斯朝向攸葛露出虛假的笑容。雖然這並非會讓人開心一笑的話題，但羅倫斯覺得如果沒有以笑臉談論，恐怕會惹得赫蘿生氣。

「北方地區是征服與侵略的舞台。那裡的地名不斷在變。雖然我沒聽說約伊茲這個地名，但或許聽過同個地方的不同名字也說不定。」

羅倫斯點了點頭。

不過，攸葛接著說出的話語倒是讓羅倫斯吃了一驚。

「因為聽到您說需要北方地圖，我還以為三位是準備前往北方地區的戰場……唉呀……」

攸葛以開玩笑的口吻說道，並看向羅倫斯後，同樣露出吃了一驚的表情。

「那……那個，該不會是？」

「您現在指的事情是跟德堡商行有關吧？那件事果然是真的嗎？」

收集圖畫的同時，攸葛應該也會收集到情報才對。

更何況攸葛所在的城鎮，還是位於從德堡商行腳邊流出的河川終點。

「沒有，那個……呃……要說是不是真的，事實上並沒有確證。不管怎麼說，這裡平常就是一個動盪話題不曾斷過的城鎮。」

「攸葛先生，您個人覺得呢？」

攸葛露出顯得困擾的表情，那是玩笑話被人當真時會有的表情。

只是，攸葛似乎很快就明白不可能敷衍下去，於是表情苦澀地開口說：

「老實說……我沒興趣。」

然而，羅倫斯還以為自己聽錯了。

「沒興趣？」

「是的。我們同伴之中，也有不少人對這件事抱著充耳不聞、視而不見的態度。就跟獵月熊一樣。如果一直用爪子挖東西挖個沒完，總有一天會沒有東西可挖。不管怎樣，景色都不可能永遠不變。我們認為就算已經變得面目全非，古老土地也不會因為這樣而從這世上消失……」

儘管羊隻一直悠哉吃著草，抬起頭時也會用其烏溜溜的大眼睛端詳世間真理。

聽到攸葛的話語，如果要罵他沒有志氣或許很容易。

即便如此，還是無法否認攸葛的這般想法也是真理之一，那是人們無權責怪或批評的現實性判斷。

一路旅行下來，羅倫斯看了很多事情。

受到傭兵襲擊的村民、忍受領主苛薄徵用的城鎮居民。反抗也不會有任何幫助，更何況他們根本沒有反抗的力量。面對這種狀況時，永遠只有一個正確答案，那就是靜靜等待暴風雨過去。

「所以，我刻意不去收集這方面的情報。我不像哈斯金斯翁那麼堅強，知道愈多，就會愈在意。就像我會在意您跟赫蘿小姐，還有寇爾先生的關係一樣。」

攸葛之所以夾雜著玩笑話輕輕笑了笑，是在暗示該結束這話題了。

的確，知道一些內容後，就會想要知道更多，一旦知道了所有詳情，就會想要參與其中。

在變化劇烈的世上安靜過活的人們，或許都擁有像攸葛這樣的智慧吧。

羅倫斯沒有權力破壞這些人的生活，而他相信赫蘿一定也抱著相同想法。

「抱歉，問了您奇怪的問題。」

「哪裡，很抱歉沒能幫上忙。那麼，接下來要怎麼辦呢？要回到房間去嗎？」

攸葛這麼說完後，羅倫斯看向了赫蘿，並發現赫蘿抬起了頭。赫蘿一邊指著在圖畫堆裡勤快地翻找圖畫的寇爾，一邊露出淡淡笑容搖了搖頭。

赫蘿似乎還想繼續找下去。

「我先回房間好了。」

「這樣啊。那麼，我來準備個什麼熱飲端到會客室給您。」

聽到攸葛的話語後，身為商人的羅倫斯不禁感到訝異。

倉庫裡保管著不少絕不算便宜的圖畫，還有貨真價實的金飾品和銀飾品。要讓某天突然來訪的客人留在這裡，必須有很大的勇氣。

雖然羅倫斯腦中反射性地浮現這般想法，但攸葛笑著這麼說：

「如果打算偷東西，不如咬斷我的頭還比較快。而且，最主要的是，我知道森林裡的居民們不會說謊。」

雖然知道攸葛這麼說可能是在討赫蘿歡心，但羅倫斯不禁心想「這跟事實也差太遠了吧」。

羅倫斯乖乖點了點頭，並說了句：「我失態了。」

攸葛與羅倫斯閒聊了一會兒後，便表示有工作要處理，而回到店裡去。因為弗蘭還沒回到商行，所以被留在會客室裡的羅倫斯正在閱讀一本據說繞了世界一周，最後在遙遠東方發現黃金國度的商人所寫的旅行記。如同羅倫斯提供的各地情報被攸葛視為珍貴寶物，如果有人在世界各地遊走，其擁有的正確情報會比任何商品都有價值，也不會有哪個笨蛋願意公開這些情報。重點就是，眼前這本書只是美其名為旅行記的娛樂讀物。不過，這樣的讀物還是挺有趣的。

就在羅倫斯不知道看到第幾次胡扯內容，一邊心想「沒那麼誇張吧」，一邊笑出來時——

一個金色物體穿過書本與羅倫斯的臉之間，然後發出「咚」一聲掉在羅倫斯的肚子上。

羅倫斯驚訝地抬頭一看，發現赫蘿保持著丟出東西的姿勢不動。

接著往自己的肚子一看，羅倫斯看見了在倉庫發現的那顆令人發笑的金蘋果。

「不好吃啊？」

羅倫斯拿起蘋果一摸，發現蘋果很溫暖。

蘋果的大小摸起來就像摸著赫蘿的臉頰；羅倫斯這麼想著時，被赫蘿本人搶走了蘋果。

「雖然汝等人類最愛黃金，但如果一切都變成了黃金，也會很頭痛唄。」

過猶不及。

不過，羅倫斯也是個商人。他發出輕擊地反駁說：

「如果變成那樣，就找出不是黃金的東西，再以高價賣出，事情就這麼簡單。」

赫蘿用鼻子哼了一聲後，一副不悅模樣在羅倫斯身旁坐了下來。

赫蘿沒有梳理起尾巴，而是一直把弄著金蘋果。

「寇爾呢？」

羅倫斯這麼詢問後，看見赫蘿做出傾頭動作。

當赫蘿的左右耳朵傾向任何一方時，代表著她的心情不好。

赫蘿八成是把寇爾留在倉庫裡了。

雖然赫蘿很少這麼做，但既然發生了，就表示不會有太多可能性。

「沒找到啊？」

羅倫斯是指畫了約伊茲，或是畫了約伊茲附近景色的圖畫，再不然就是赫蘿記憶中的景色。

看見倉庫裡放了那麼多幅畫，或許赫蘿抱著至少會找到一幅畫的想法。

如果一開始就認為應該找不到畫，就不會太失望。只有忍不住抱著希望心想「或許找得到」的人，才會感到失望難過。

而且，赫蘿兩人一定找到了好幾幅寇爾熟悉的景色。

「……嗯。」

赫蘿一邊用兩手把弄金蘋果，一邊輕輕點了點頭。
「這樣能夠把樂趣往後延，不是很好嗎？」
在預料到赫蘿會生氣之下，羅倫斯刻意這麼說，結果赫蘿果然用力豎起了耳朵。
然而，赫蘿的怒氣沒有持續太久。
赫蘿的耳朵慢慢垂下，那動作彷彿將栓子拔起了似的，赫蘿口中隨之溜出簡短一句：
「咱……是不是錯了？」
「錯了？」
羅倫斯反問後，赫蘿輕輕點了點頭。
「那隻叫攸葛的羊不是說過嗎？他說，不少人充耳不聞、視而不見。」
羅倫斯暫時從赫蘿身上挪開視線，並闔上書本。
他心想，真是一本裝訂精美的有趣書籍。相信幾百年後，這個愛吹牛的商人名字肯定也會繼續流傳下去。
「因為要是知情了，就會忍不住想要參與其中？」
聽到羅倫斯的詢問後，赫蘿點了點頭。
赫蘿看似冷靜，卻血氣方剛，如果看見有人遇上麻煩或受苦，她肯定丟不下這些人。如果看見人類成群闖進高山或森林裡，並破壞土地、殺害動物，使得一切完全走了樣，就算受害的不是約伊茲，赫蘿也可能會加入反抗。

加入反抗後，赫蘿或許會以傳說或詩句的形式留下芳名，但想必戰勝不了人類。

如果能夠戰勝人類，其他存在應該早就做到了才對。

「雖然啊，咱說了一大堆有的沒的，但其實內心某處一直覺得自己是特別的存在。」

或許是在掩飾難為情，赫蘿以顯得有些開心的口吻說道。

「咱一直有種心態。咱覺得自己只要露出尖牙相向，就能夠解決大部分的問題。咱也能夠憑道理讓對方讓步。可是吶。」

羅倫斯抬高手臂後，臉上掛著空虛笑容的赫蘿回頭瞥了一眼後，便抓住羅倫斯的手。

然後，赫蘿像在戴領巾似地讓羅倫斯的手繞過肩上，並抱住羅倫斯的手。

「那一堆畫裡沒有咱熟悉的景色。這代表了什麼？」

倉庫裡的圖畫聽說不是有人訂購的圖畫草圖，就是為了哪天可能會有住過該土地的人出現，而保存的圖畫。

這麼一來，應該不難做出這般推測。

赫蘿在倉庫裡找不到熟悉景色的圖畫，代表著沒有人訂購約伊茲景色的圖畫。這點很容易讓人聯想到赫蘿的狼同伴們已經踏上永恆之旅。

有什麼憑據這麼說呢？

因為在擁有利爪尖牙的自信下，赫蘿很多狼同伴肯定上了戰場。這些狼同伴或許逃過了獵月熊的毒爪，但世上永遠都會發生不合理的事情。只要手上有武器，一定會在某處勇敢起身。選擇逃離一切的人、因為沒有武器而只能逃跑的人；這些人當初或許受到毀謗，被說是膽小鬼。

然而，現今在世上打下根深蒂固基礎的，正是這些膽小鬼們。

「因為如果知情，就會感到害怕，所以充耳不聞、視而不見？如此愚蠢的想法真是笑死人了。不過，這裡的主人是誰？擁有很多同伴的又是誰？為了讓其他相似存在得到慰藉，現在仍拚命在努力的是誰？跟他們比起來……」

赫蘿小小的指甲陷入羅倫斯的手臂肉裡。

「咱們做了什麼？」

羅倫斯知道她應該沒有哭出來。

赫蘿並非感到悲傷，她一定是覺得沒出息。

這世界如急流般不停流動，赫蘿他們卻只能夠待在急流旁什麼也做不了。別說是這樣了，赫蘿他們甚至可能消失不見。

她有太足夠的理由表現出咬牙切齒的模樣。

羅倫斯稍微加重繞過赫蘿肩上的手的力道，抱緊了她。

「誰也不知道什麼才是正確的做法。」

可能是方才待在倉庫裡，赫蘿的頭髮散發出些許塵埃臭味。

「妳已經做好心理準備，只要是有助於自我信念的事情，都願意不惜性命去做，不是嗎？」

有好一會兒時間，赫蘿動也沒動一下。

即便如此，最後她還是緩緩點了點頭。

「只要想一想自己被埋葬起來時會怎樣，就會明白啊。妳不是賢狼赫蘿嗎？」

得知同伴在想念自己是一件讓人非常開心的事情。

然而，如果同伴一直守在墳前不肯離去，會怎麼想呢？

同樣是感到後悔，如果一方是化為想要讓時光倒流的掙扎心態，另一方是化為再遇到相同狀況時，該如何順利解決事情的心態，兩者將會有完全不同的意義。

赫蘿點了點頭。

她不是小孩子，也不是笨蛋。

話雖這麼說，但赫蘿也不可能自己控制所有情感。

「而且，我知道一件事實。」

聽到羅倫斯這麼說，赫蘿的耳朵抽動了一下。

羅倫斯忍不住笑了出來，但並非想要取笑赫蘿。

「如果妳變得憂心忡忡，我也會跟著憂心忡忡起來。」

以往獨自行商時，羅倫斯沒有對象可說，也沒有人會對自己說這種話。

決定參與危險交易時，羅倫斯還會若無其事地說：「反正我本來就可能死在路旁。」

死去的人會一直待在墳墓裡。

但是，活著的人只會在眼前出現。

「真是大笨驢一個。」

赫蘿像在自言自語似地說道，羅倫斯不確定赫蘿指的是誰。

八成是指她自己與羅倫斯兩人吧。

「一點也沒錯。那這樣，接下來該做什麼呢？」

赫蘿發出「呃」的一聲說不出話來。

她會把寇爾丟在倉庫，肯定不是因為只發現寇爾熟悉的景色，卻找不到她熟悉的景色。以寇爾的個性來說，如果一直找不到赫蘿熟悉的景色，他肯定會拚命地尋找。

然後，找得愈久，找不到的事實就會讓兩人的心情變得愈沉重。赫蘿這樣的舉動或許不算是遷怒他人，但被留在倉庫的寇爾會是什麼樣的心情呢？

赫蘿這麼說：

「咱去道歉。」

「確實應該這麼做。」

羅倫斯以「我是監護人」的模樣說道。赫蘿聽了便從羅倫斯的手臂底下鑽出來，咧嘴一笑。

時間不可能倒流，也絕對不可能知道什麼樣的選擇才正確。

既然這樣，至少應該享受當下樂趣，並珍惜現在。

羅倫斯只能夠說這麼多，接下來赫蘿只要自己做判斷就好。

羅倫斯一邊這麼想著，一邊重新翻開書本。

「弗蘭・沃內莉師傅回來了。」

羅倫斯輕輕頂了一下赫蘿的膝蓋後，站起身子。

然後，羅倫斯轉過身子。然而，他不確定轉身的瞬間，臉上是否確實掛上了笑容。

攸葛臉上浮現極度恐懼的表情，一般人就是看見露出尖牙的狼已近在身邊，表情也不會如此誇張。這般模樣的攸葛身後，忽然出現一名身形嬌小的少女。

少女與寇爾的身高相差不遠，如果與赫蘿站在一起，想必也是差不多高。

雖然並非出自本意，但羅倫斯看見女孩的瞬間，腦中變得一片空白，而原因在於女孩的容貌。

少女並沒有像赫蘿一樣擁有動物耳朵，頭上也沒有頂著像哈斯金斯那樣的巨大羊角。

看起來就是個平凡的女孩。

沒錯，除了她的膚色和瞳孔顏色之外。

「是這位商人找我嗎？」

少女的聲音甜美，從其發音也能夠看出接受過良好教育。

世上有好幾種美，而弗蘭的美是羅倫斯第一次見識到的美。漆黑頭髮加上漆黑瞳孔，以及屬於遙遠南方沙漠居民的褐色肌膚。弗蘭擁有一股不可思議的魅力，那魅力或許可以用帶著魔術師氣息的美感來形容。

弗蘭散發出一股在被稱為熱沙地獄之地存活下來的居民強韌力量，彷彿就算看見赫蘿的巨大真實模樣，也不會畏怯似的。

羅倫斯緊張地吞了一口口水後，才好不容易開口說：

「我是克拉福．羅倫斯。」

弗蘭．沃內莉面帶笑容地緩緩點了點頭後，自我介紹說：「我是弗蘭．沃內莉。」

「大家坐下來聊吧。」

聽到攸葛化解尷尬氣氛地說道，羅倫斯等人各自坐了下來。

因為受到弗蘭的不可思議氣氛感染而發呆的寇爾，被赫蘿拉了一下衣角後，才總算坐了下來。

「那麼，您找我有什麼貴事呢？」

羅倫斯聽說過沙漠居民使用完全不同的語言，但弗蘭說出的是他熟悉的語言。

而且，弗蘭的發音咬字都相當準確，看得出來擁有相當高的教養。

聽說弗蘭相當頑固難應付，但這般擔憂會不會只是杞人憂天呢？

羅倫斯在商人的笑臉面具底下一邊這麼想著，一邊說出請求：

「是這樣子的，我們正以北方某地為目的地在旅行。但是，對於該地情報，我們只知道古老地名。聽說您很了解北方地區的古老傳說，所以我們來到攸葛先生的商行，想知道方不方便請您協助？」

弗蘭面帶認真表情一直聆聽著。

等到羅倫斯說完話後，弗蘭平靜地詢問說：

「您說的古老地名是？」

「約伊茲。」

聽到羅倫斯的回答後，弗蘭迅速瞇起眼睛。

「還真是偏遠地方的古老地名啊。」

「您聽過約伊茲嗎？」

羅倫斯一半在演戲、一半認真地探出身子問道，弗蘭卻是動也沒動一下。

「聽過，但因為懂得繪製北方地區地圖的人很少，所以地圖非常珍貴。」

「當然了，我們會支付足夠的酬勞。」

羅倫斯說出這句話的瞬間，被赫蘿踩了一腳，但為時已晚。

赫蘿肯定早就識破弗蘭的本性。

「足夠的酬勞？」

弗蘭一副驚訝模樣說道。

攸葛在弗蘭坐的長椅子後方，用手蓋住了眼睛。

「那麼，我就不客氣地收您五十枚左右的盧米歐尼金幣。」

工匠總是笨口拙舌，而且不懂交涉微妙之處。

羅倫斯自問是否因為這樣而掉以輕心，但現在就是這麼自問，也無法讓時間倒轉。羅倫斯當然不可能為了一張地圖支付五十枚盧米歐尼金幣。

弗蘭使出了甚至像在騙小孩子一樣的基本拒絕手段。

面對自己不小心上了鉤的愚蠢表現，以及弗蘭毫不遲疑且大動作地使出這般手段的大膽態度，羅倫斯不禁啞口無言。

一方面因為赫蘿也在場，羅倫斯焦急地準備開口說話。

就在這個瞬間，弗蘭清澈的聲音響起：

「不過，視狀況怎麼發展，就是免費幫您畫地圖，也無所謂。」

「咦？」

羅倫斯不禁卸下面具，而發自真心地這麼說。他知道赫蘿一副難以置信的模樣低下了頭。

齒輪一旦偏離了軌道，就很難修正回來。

然而，弗蘭方才並非對著表現出這般蠢樣的羅倫斯，而是對著赫蘿說話。

「這位打扮像修女的小姐。」

「……咱是赫蘿。」

弗蘭的搭腔似乎也讓赫蘿感到意外。赫蘿停頓了一會兒後，一副感到可疑的模樣答道。

「原來您的名字是赫蘿啊。幸會，我是弗蘭・沃內莉。」

赫蘿自稱是賢狼。

狩獵時她總是保持冷靜，不會全身血液衝上腦門地變得衝動。

「咱怎麼了嗎？」

「沒有。如果您是修女，我有事相求。」

聽到弗蘭的話語後，攸葛表現得最慌張，他似乎察覺到弗蘭有什麼企圖。

看見攸葛倒抽了一口氣，羅倫斯打算向他搭腔，但弗蘭舉高手制止了羅倫斯。

個性難應付的工匠大人。

其化身就在羅倫斯眼前。

「如果是咱做得到的事情，咱很樂意。」

弗蘭沒有露出可掬笑容，但取而代之地輕輕傾頭說：

「不是什麼太困難的事情。只要赫蘿小姐您，還有羅倫斯先生以及……」

「啊、啊！我、我是寇爾。」

聽到寇爾的話語後，弗蘭只是點了點頭，然後接續說：「以及寇爾先生。」

弗蘭到底打算要三人做什麼呢？

「如果有三個人，肯定沒問題。」

攸葛拚命以眼神告訴羅倫斯三人不要答應弗蘭。

弗蘭這麼說：

「請您們協助我在堂斯格村收集情報。」

「……汝是指那個傳說的情報？」

「是的。攸葛跟三位提過了吧。就是我在凱爾貝停留的理由。我希望您們能夠跟我一起去村落收集這個傳說的詳細情報。」

雖然羅倫斯不禁有種「做這麼簡單的事情就行了啊？」的掃興感覺，攸葛卻是一副無法鎮靜下來的擔心模樣。看樣子事情似乎沒有聽到的內容般那麼簡單。

雖然方才表現失敗，但羅倫斯還是不害怕地抱著可能惹火弗蘭的心理準備，決定要求弗蘭給他們考慮的時間。

這時，有人搶先一步採取了行動。這個人不是別人，正是赫蘿。

「這麼做汝就願意畫地圖，是唄？」

「是的。只要三位能夠幫我收集情報，並證明該情報的正確性。」

赫蘿揚起了嘴角，但羅倫斯能夠體會赫蘿會笑出來的心情。

弗蘭是個聰明的女孩。

其聰明程度足以勾起赫蘿的興趣，並點燃對抗心。

只要能夠收集情報，並證明該情報的正確性；聽到這般曖昧不明的話語時，赫蘿通常會先笑一笑，然後弄清楚意思，視狀況而定，甚至還可能強勢地讓對方屈服。

現在赫蘿卻連確認也沒確認一下，便迅速點點頭說：

「那這樣，就這麼說定。」

「拜託三位了。」

弗蘭低頭行了一個禮說道。抬起頭後，她立刻站起身子。

或許是想要留住弗蘭，攸葛正打算說些什麼時，弗蘭面無表情地詢問攸葛說：

「要出發的東西都準備了嗎？」

「喔，準、準備好了。可是……」

「那麼，明天出發。羅倫斯先生，您懂得駕駛馬車嗎？」

羅倫斯點了點頭後，看見弗蘭準備接著說話。為了保住最後一點面子，羅倫斯先預想弗蘭準備說什麼，並回答說：

「明天出發沒問題。」

弗蘭聽了後，露出了淡淡微笑。

或許弗蘭是因為看見羅倫斯這般逞強的表現，而覺得好笑也說不定。

而且弗蘭的笑容就如少女般天真無邪，讓羅倫斯忍不住再次為自己的掉以輕心後悔不已。

如果對方是個面無表情，而且真的只是一個個性難應付的頑固傢伙，要駕馭對方其實意外地簡單。

真正難以駕馭的是，懂得巧妙利用不同笑臉的對手，正因為如此，所以羅倫斯才會經常不知道應該怎麼應付赫蘿。

早知道弗蘭是懂得在他人面前露出這般笑容的對手，羅倫斯一定會更加戒備。

因為聽了基曼以及攸葛說過的話，使得羅倫斯先入為主的觀念過強。

「攸葛先生。」

弗蘭簡短呼喚一聲後，攸葛伸直背脊試圖讓圓滾滾的身軀往上拉長。
「餐點請幫我送到房間來。我要準備明天出發的東西。」
「是、是的。那個，可是……」
「可是？」
赫蘿也經常像弗蘭現在這樣露出不帶笑意的笑臉。
攸葛不敢再說話地乖乖點了點頭。
「再麻煩你向赫蘿小姐他們說明各項細節。」
弗蘭這麼留下最後一句後，便走出了會客室。

身旁的赫蘿尾巴高高膨起。
儘管如此，赫蘿臉上卻浮現看似愉快的笑容，而這樣的反應讓人更覺得可怕。
羅倫斯告訴自己現在說什麼都好，就是不能做出找藉口的愚蠢行為。
「抱歉。」
「大笨驢。」
赫蘿簡短說了一句，而且不肯看向羅倫斯。

寇爾一副「不去惹人，別人就不會來惹你」的模樣縮著身子，赫蘿則是一直開心地笑著，完全沒有要開口說話的意思。

或許是不忍看見三人陷入沉默，攸葛開口說：

「沃內莉師傅的大膽態度以及讓人無法反駁的笑臉，也讓我吃盡了苦頭。她明明有著這般作風，內在卻是個真正頑強固執的銀飾品工藝師。我在城裡到處追著她跑，甚至還追到了深山野外，最後終於因為她在山上遇到意外而救了她，她才好不容易肯聽我說話。所以……那個……雖然條件有些曖昧不明，但沃內莉師傅願意跟您交談，已經算是很幸運了。」

攸葛的最後一句是朝向赫蘿說道。

「呃……那麼，堂斯格村有什麼特別之處嗎？」

羅倫斯重新打起精神問道，攸葛輕輕搖了搖頭說：

「堂斯格村是個隨處可見的普通村落。」

「既然這樣，為什麼要去？」

攸葛先閉上眼睛後，才又像在觀貌察色似地抬高視線說：

「與森林和湖泊有關的，並不是什麼太了不起的傳說。據說有個天使沿著從湖泊流出的河川行走。這時，天上傳來動物叫聲，黃金之門同時打了開來，最後天使像爬上瀑布似的朝向黃金之門飛去。」

這內容聽起來確實只是一個常見的普通傳說。

不過，攸葛接續說：

「除了這個傳說之外，還有一個類似的傳說。」

「還有一個？」

聽到羅倫斯反問道，攸葛點了點頭，然後一副死了心的模樣開始描述：

「應該說是魔女傳說吧。我也不知道詳細內容，但聽說在河川上游地區的雷諾斯還挺有名的。也不知道該說是傳說，還是謠言，據說有一個疑似魔女的修女拜訪了堂斯格村，然後就這麼長住下來。因為治理堂斯格村的領主大人是正教徒，所以村民們當然否認有魔女住在村裡……」

「喔，原來如此。所以村民因為這樣而非常排外，是嗎？」

攸葛點了點頭說：

「沃內莉師傅之所以會拜託三位，想必也是因為她知道如果獨自去到堂斯格村，根本打聽不到任何事情吧。不管怎麼說，畢竟沃內莉師傅擁有在這一帶非常罕見的容貌。」

羅倫斯能夠體會壽命比人類長了好幾百倍的攸葛為何會這麼說。

就是羅倫斯，也很少有機會看見擁有褐色肌膚的女孩。

「她是沙漠居民嗎？」

「似乎是。不過，聽說沃內莉師傅懂事時，雙親已經不在世上，而被拉翁迪爾公國的一個富裕兌換商收留。在那之後她怎樣變成一位銀飾品工藝師，我也不知道詳細經過。不過，沃內莉師傅有一次開玩笑地說自己曾經是個奴隸，您也看過她那樣子，誰知道是不是真的在開玩笑……」

羅倫斯能夠體會攸葛露出苦笑的心情。只要聽到弗蘭的用字遣詞，任何人都能夠立刻大致猜出她的出身。當然了，同樣是奴隸，也會依主人不同，而受到各種不同待遇。弗蘭有可能是被心地善良的富裕人家買下，相反地也有可能被收養為養女，卻受到如奴隸般的待遇。

不過，攸葛的話與基曼所言有重複之處，就算沒有完全一致，其中或許也說中了幾個事實。

「她那大膽作風也是膽量相當大的樣子。」

「是的。所以，我在猜她可能是出自某處的勇猛戰士家族……不管怎麼說，她的存在就像謎一樣。啊！方才我說的那些話……」

「我知道，我會保密的。」

看見攸葛點了點頭，羅倫斯也把話題拉回主題說：

「攸葛先生，我看您也相當掛心的樣子，是因為那村落真的那麼危險嗎？」

因為各種原因而變得排外的村落意外地多。

如果村落是位於不會有外人來訪的土地上，光是這樣村民就會覺得外來者可疑。如果是被懷疑住著魔女的村落，只要有外來者出現，想必都會被當成告密者。

「老實說，我也不知道。尤其是那村落又不是有生意可做的地方，村民也很少來到鎮上，鎮上的人更是不會去到村落。說實在的，堂斯格村就像一個記得曾經放了食物進去，但忘了什麼時候放了什麼食物進去的土甕。」

攸葛的形容妙極了。

要是打開了蓋子，土甕中可能變得腐爛一片，所以讓人更不想去打開它。

「不過，即使有咱在，還會覺得那村子危險嗎？」

赫蘿的這般話語打破了羅倫斯與攸葛之間的沉重氣氛。

羅倫斯與攸葛互看了一眼，羅倫斯心想攸葛肯定也抱著相同想法。

「妳都這麼說了，我們也沒必要多說什麼了……」

「既然這樣，就不用在意了唄。竟敢拿五十枚金幣換咱們當跑腿，膽子真是不小吶。」

如果赫蘿這時露出憤慨不已的表情，或許還好一些。

但是，看見赫蘿是以笑臉這麼說，羅倫斯知道這下子誰也阻止不了她。

「而且，那個大笨驢不是也很了解汝等沒把握的北方地區情勢嗎？哈斯金斯老頭子這麼說過唄？」

赫蘿說的沒錯。

「雖說熊掌與魚不能兼得，但那個大笨驢的腦袋裡裝了很多東西，而且幸好只有一顆腦袋。既然這樣，此刻不去咬對方腦袋，要等到何時？」

如果要說赫蘿這番話像是氣勢洶洶地在罵人，或許也是吧。

話雖如此，但赫蘿不是那種會輕率說出這般話語的人。

值得依靠的同伴就在身邊，所以自己不用動手，周遭的人就會提出忠告或幫忙拉回正軌；正因為擁有這份自信，赫蘿才會說出這般話語。

從赫蘿臉上的無敵笑容，羅倫斯看出這般事實。

既然如此，羅倫斯當然沒理由反對。

「總之，就是這麼回事。攸葛是唄？」

「是、是的。」

聽到赫蘿的話語後，攸葛挺直背脊答道。

對著盡力伸長圓滾滾身軀的攸葛，赫蘿展露笑臉這麼說：

「倘若因為咱等跟著去而惹火那個大笨驢，造成那個大笨驢不肯再跟汝做生意的話……」

這種事情也不是不可能發生。

而且，這將對攸葛他們帶來莫大的損失。

赫蘿接著會說什麼呢？

在羅倫斯等人的注視下，赫蘿一派輕鬆地這麼說：

「這個嘛，嗯，到時咱會道歉。」

攸葛也是見過世面的畫商。

他臉上的僵硬笑容化為發自真心的笑容，並用力拍打一下凸起的肚子說：

「狼就應該有這樣的氣度。」

「嗯。」

羅倫斯覺得彷彿看了一場做作的戲。

即便如此，以羊與狼來說，能夠有這般良好互動已算是奇蹟了。

隔天，羅倫斯等人為了前往堂斯格村，隨著攸葛商行的馬車晃動而北上。馬車貨台上堆了滿滿的麵包、肉、洋蔥、蒜頭，以及酒和鹽巴等食物，還有堆積如山的木柴和棉被等物品。

羅倫斯手握韁繩坐在這般馬車駕座上，赫蘿與寇爾則是彷彿被塞在行李空隙間似的坐在貨台上。因為弗蘭知道怎麼前往村落，所以在前頭獨自騎著馬前進。

雖然羅倫斯只隔了一陣子沒有駕駛馬車，但不是自己的馬車，駕駛起來感覺果然沒那麼駕輕就熟。

「那個大笨驢……到底是何等人物……」

在這般有些生疏的旅途中，赫蘿說話說得斷斷續續且含糊不清。

「有那麼好吃嗎?」

羅倫斯一邊回頭看向後方，一邊一副難以置信的模樣問道，結果看見寇爾在赫蘿身邊嚇了一跳地僵住身子。雖然寇爾平常只會吃別人分給他的食物，但在羅倫斯回頭的瞬間，難得寇爾正準備把手伸進裝滿麵包的袋子裡。

「啊!我不是在說你。你才準備吃第二個而已吧?你旁邊那傢伙已經吃六個了。」

羅倫斯顯得刻意地一邊指向赫蘿，一邊說道。寇爾看了看羅倫斯，再看了看袋子一會兒後，點了點頭。

沒有什麼字眼比清貧兩字更適合用來形容寇爾，連這樣的他都被袋子裡的食物擄獲了。

袋子裡裝了加入大量奶油去烘烤的麵包捲。

赫蘿不停咀嚼著麵包，等到接著咬下一口時，就這麼咬住麵包末端，然後用手拉開把麵包撕開，最後張大嘴巴塞進最後一口。

赫蘿每咀嚼一次麵包，白色氣息便從嘴角湧出。

坐在冷冰冰的馬車上看見熱騰騰的現烤麵包，就是寇爾也會為之著迷。

雖然羅倫斯也吃了一個麵包，但他擔心萬一吃慣了這種食物，就會不願意再踏上旅途。

「沒想到能夠拿到這麼多這麼好吃的麵包。汝啊，要不要轉行也當個畫家?」

「如果是要簡單畫出物品，我是畫得出來……對了，還有我也會畫商店。我不是畫給妳看過了嗎？」

那時羅倫斯獨自駕著馬車，每天的生活就像在撿掉落在暗處的零錢一樣。每次一有大筆利潤入袋，羅倫斯就會攤開白紙畫出自己將來希望擁有的商店外觀。

「嗯……好像有印象。」

羅倫斯這個擁有商店的夢想，因為與赫蘿一起旅行而暫時擱在一旁。

赫蘿壓低下巴，並讓身體貼近駕座，然後把麵包塞到羅倫斯嘴邊。赫蘿臉上沒有浮現過意不去的表情，也沒有露出苦澀表情。

羅倫斯笑著咬下赫蘿塞來的麵包。正因為兩人互相知道彼此的心情，才能夠有這般互動。

「寇爾會畫畫嗎？」

羅倫斯越過肩膀詢問寇爾時，面帶認真表情的寇爾，似乎正在思考要不要把沒吃完的麵包收進自己的破爛袋子裡。寇爾一副被人看見丟臉表現的模樣，驚訝地縮起身子。

寇爾慌張地準備回答些什麼，羅倫斯則準備取笑寇爾。

然而，赫蘿比兩人都更早一步地把重新拿過的完整麵包，塞進寇爾的袋子裡。

看見寇爾吃驚地發愣，赫蘿沒忘記朝向他露出無敵笑容。

「那、那個……呃……我會畫天使或精靈……」

「你是說像複寫一樣的微型圖畫？」

寇爾一副難為情模樣對著赫蘿回以笑容後，看向羅倫斯點了點頭說：

「是的。以前因為沒有錢而幫人家延展羊皮紙，或用圖釘固定羊皮紙，好讓人家抄寫時，寫字生教過我一些技巧。」

寇爾是個為了守護信奉異教的故鄉，而隻身南下並試圖進入教會權力中樞的少年。

不過，比起這種充滿血腥味的事情，寇爾更適合每天廢寢忘食地鑽研書籍。要是生在不同家庭、接受不同教育，寇爾肯定能夠在知識界裡有一番成就。

羅倫斯把視線移向赫蘿，顯得刻意地這麼說：

「妳……算了，不用問也知道答案吧。」

如果讓赫蘿拿起畫筆，肯定會畫出一眼就能看出是什麼東西的圖畫。

「哼，咱才不會畫什麼圖畫。就算畫出蘋果，也不能吃。」

赫蘿一邊大口咬下麵包，一邊說道。

「不過，看見攸葛先生準備這麼多東西，想必弗蘭小姐的畫圖功夫確實了得。而且，她還在追查各地傳說。」

羅倫斯一邊看著隱約出現在草原遠處，卻一直沒能拉近距離的山脈，一邊語調沉穩地說道。

「她一定遇到了無數困難吧。北方地區到現在仍深陷搶地盤大戰之中。信仰變成了迷信，迷信又變成了信仰，在這般迅速變化之中，想要到處追查各地傳說，肯定必須面臨異乎尋常的危險。所以，怎麼說呢，或許我們提供的報酬還算妥當吧。」

而且，以北方地區來說，愈往北走就愈挖不到優質岩石，所以即使是大型建築物，也會以木造建築物居多。因此，北方地區的教會看不到描繪出聖人的彩色玻璃，或頂端加上雕刻裝飾的柱子，自然而然地，靠著圖畫來傳教的機會就會變多。

如果需求變多，當然必須提供更多好處給供給一方。

「真希望能夠仿效她。」

羅倫斯喃喃自語地說道，然後摸著鬍鬚。

「嗯。咱已經仿效夠多了。」

赫蘿輕輕拍打一下肚子說道，並迅速用棉被裹起身子。

這天晚上，羅倫斯等人決定在枯黃色草原的正中央過夜。

人類和馬兒的前進速度多少有些差距，但不會相差太遠。這麼一來，很自然地大家都會正好選在同個地點迎接夜晚。

羅倫斯等人停下馬車並生火的地點，可看見好幾處除草過且有生火過的痕跡。

最令羅倫斯感到開心的是，這裡還放了圓木頭讓人當椅子坐。

羅倫斯發現其他人似乎也都滿懷感激。圓木頭某些部位的表皮被平整削去，上頭刻著在這裡度過一夜的人們留下的感謝話語。

羅倫斯等人用火加熱因入夜後的寒氣而變得硬邦邦的麵包，並先用火烤肉乾，再加上乳酪去烤，然後大口咬下。草原上雖然沒有風，但因為天氣冷到四處還看得到薄薄一層積雪，所以大家坐在圓木上時，自然而然地會像小鳥一樣彼此緊靠。而且，比起各自裹著一床棉被，把三床棉被疊在一起，然後三個人一起裹起棉被會溫暖得多。

不過，彼此緊靠的只有三人，而非四人。

弗蘭獨自在馬車貨台上躺著。

「石頭熱好了喔。」

羅倫斯把石頭放在火堆裡烤，然後用布料包起石頭拿到貨台時，弗蘭以仰臥姿勢躺在行李上，望著天空發呆。弗蘭把沒吃完的麵包和乳酪就這麼擱在旁邊，那模樣像是因為眺望星空眺望得太過入神，連飯都忘了吃似的。

羅倫斯舉高用布料包起的石頭後，弗蘭慢吞吞地從棉被底下伸出手接過石頭。

弗蘭伸出手的瞬間，羅倫斯瞥見她在棉被底下抱著厚重書本。

冬天獨自旅行且沒能夠起火時，羅倫斯也會收集所有紙張，然後抱在肚子上睡覺。因為抱著紙張睡覺，會比棉被溫暖得多。

看來弗蘭也很習慣於旅行的樣子。

「您不到火堆旁取暖嗎？」

羅倫斯試著詢問後，弗蘭先把熱石頭收進棉被底下，跟著再次看向天空回答說：

「這樣視野會受到影響。」

羅倫斯點點頭心想，原來如此。

火堆能夠趕走野獸，但相反地會吸引人類。吸引人類是好是壞說不準，而且如果一直凝視著火堆，到了緊要關頭時，會無法完全看清視野裡的東西。

弗蘭不單是習慣於旅行，也有過不少的經歷。

「關於明天的事情……」

聽到羅倫斯的話語後，弗蘭把視線移向羅倫斯。

看見弗蘭似乎沒有要起身的意思，於是羅倫斯這麼接續說：

「抵達村落後，要怎麼安排呢？」

在攸葛商行第一次與弗蘭見面時，羅倫斯就被對方的氣勢逼得啞口無言。

反過來說，從弗蘭的角度來看，想必會覺得羅倫斯不過是個三流的商人。

弗蘭為了收集情報而帶著羅倫斯三人行動，但可能不願意完全交給羅倫斯三人來處理；做出這般猜測的羅倫斯，抱著有些卑微的態度詢問了弗蘭。

不過，弗蘭直直凝視著羅倫斯後，臉上忽然浮現笑容，並且閉上眼睛。

那模樣看起來彷彿是因為識破羅倫斯的所有想法，才露出笑容似的。

「就交給您來處理。」

雖然聽到意外的話語而感到驚訝，但既然受託，當然應該回應對方的期待。

羅倫斯立刻這麼說：

「那麼，就說我們是隸屬於教會的銀飾品工藝師加上修女的組合，您說這樣好嗎？」

「……應該沒問題。」

弗蘭只思考了短短一瞬間。羅倫斯心想，弗蘭應該早就預料到他大概會採用什麼樣的說法。

「赫蘿是實習修女並負責照料您的生活。寇爾是帶路的小伙子。我是旅行商人，同時負責這組人馬的對外交涉工作。」

「無所謂。」

弗蘭雖然這麼說，臉上卻浮現淡淡笑容。

羅倫斯感到在意而反問說：

「怎麼了嗎？」

「……沒什麼。我只是在想只要把演員找齊了，我確實也能像個修女，所以忍不住笑了出來。」

懂得客觀看待自己也算是一種特技。

羅倫斯之所以不禁快說不出話來，是因為弗蘭這般像在觀察另一個自己的語調，實在太過自然了。

「教會地點呢？」

弗蘭這麼說。

面對突來的話語，羅倫斯拚命思考該如何回應後，回答說：

「就說我們從教會都市留賓海根前來，您說這樣好嗎？留賓海根的教會不止一間，而且分了很多派系。就算隨便說些什麼，也不會穿幫吧。」

「……」

弗蘭睜開眼睛，然後看向羅倫斯。

羅倫斯還來不及思考自己是否說了什麼不該說的話，弗蘭已經重新面向天空說：

「您也知道這麼遙遠的城市啊？」

羅倫斯感到安心地心想，原來是這麼回事啊。

「無法確認真假的謊言就跟事實沒什麼兩樣。所以我在想教會地點拉遠一些可能比較好。」

弗蘭保持望著天空的姿勢點了點頭。

然後開口說：

「您在那裡設有城池？」

弗蘭會選擇「城池」這個字眼讓羅倫斯感到有趣。

這樣的說法簡直就像把羅倫斯當成了山賊或傭兵一樣。

「我本來就是在那一帶行走的旅行商人。赫蘿是我到那附近的村落時，自己爬上了貨台。然後……」

羅倫斯先停頓了一下，並回頭看向後方的赫蘿。赫蘿坐在圓木頭上，小口小口地飲酒。羅倫斯只看見寇爾回頭看向這方，於是重新面向弗蘭，然後接續說：

「赫蘿說想去北方，並且要我帶她去。至於寇爾，則是在南下羅姆河時，因為奇妙的際遇而開始一起旅行。」

雖然弗蘭重新面向天空，並且一直閉著眼睛，但羅倫斯感覺得到弗蘭確實在聆聽。

弗蘭竟然會對這般話題感興趣，是否就表示她在這方面也有著什麼思慮呢？

羅倫斯這麼思考著時，弗蘭隔了好一段時間後，一副準備說出從天空聆聽來的話語似的模樣開口說：

「那麼，您之所以會需要北方地圖，就是……」

弗蘭睜開眼瞼，並以如夜晚的晴朗星空般清澈明亮的目光看向羅倫斯。

雖然頑強又固執，但正因為如此，所以比人更重感情；擁有這種個性的人並不少見。

雖不是刻意想要利用這點，但羅倫斯發揮最大效果說：

「是的……約伊茲這個名字，是我那旅伴唯一記得跟自己故鄉有關的事物。」

弗蘭的眼神裡看不出有所動搖。

「這樣啊。」

說著，弗蘭垂下了眼簾。不過，這次她沒有面向天空，而是稍微側著頭。

看見弗蘭在棉被底下輕輕挪動身子，之後還傳來輕輕嘆息聲，羅倫斯知道弗蘭準備入睡。

單方面結束話題的態度，確實很符合個性難應付的人的表現。不過，這樣的表現未免太過典型了。

或許弗蘭事實上並沒有那麼頑強，也沒有那麼固執。

雖然羅倫斯這麼想著，但他知道就算刻意說出這個事實，也不能改變什麼。

羅倫斯準備安靜地離去時，傳來弗蘭的話語：

「明天就交給您來處理。」

羅倫斯點了點頭後，弗蘭一副只憑感覺就知道羅倫斯點了頭的模樣，陷入了夢鄉。

第三幕

馬車用力晃動了一下。

馬車的震動似乎吵醒了赫蘿。

「……到了嗎？」

赫蘿伸了一個大懶腰後，悠哉地輕輕左右甩動脖子。

即使在這寒冷季節裡，已近在眼前的高山仍看得見茂密樹林，以及散落幾處的白色物體。看似平坦的草原似乎呈現平緩的上坡，回頭朝向走來的方向一看後，發現已經來到相當高的位置。比起凱爾貝，這裡的空氣感覺比較冰冷並非多心，路上也看得見薄薄一層積雪。

「聽說這條路前面轉彎後，直直走就會到村落。」

高度及膝的黃金色草原上，有一條細長道路朝向東邊延伸。如果沒有轉彎而順著道路直直前進，據說能夠通往山腳下。

羅倫斯等人之所以在這裡先停下馬車，是為了在進入村落前，先確認好各自分擔的任務以及串通好彼此的說法。雖然赫蘿昨晚顯得很不服氣的樣子，但她本來就很喜歡這類用演戲來騙人的手段。

做過所有確認後，羅倫斯等人在弗蘭的帶頭下再次前進時，羅倫斯看見赫蘿長袍底下的尾巴看似愉快地甩動著。
「對了，我忘了問妳，這傳說應該不是在說妳吧？」
羅倫斯之所以忽然這麼詢問赫蘿，是因為與急著前往村落的弗蘭拉開了距離。叼著肉乾的赫蘿一副感到無趣的模樣說：
「很遺憾地，鳥類朋友咱只認識之前碰到的那個丫頭，咱背上也沒長羽毛。」
「妳猜不出來嗎？」
赫蘿沉默地搖了搖頭，然後嘆了口氣說：
「如果傳說中的人物是咱，就能夠讓那個大笨驢畫地圖。可惜不是咱……」
赫蘿一副彷彿在說「抱歉給汝添麻煩了」似的沮喪模樣說道。
如果懷疑赫蘿是在演戲，肯定會惹得她生氣，但羅倫斯知道赫蘿一定是在演戲。寇爾拚命地尋找話語想要安慰赫蘿，但羅倫斯與這般模樣的寇爾四眼相交後，回以笑容說：
「如果事情進行得順利，剩下的時間要做什麼呢？」
赫蘿忽然抬起頭，並露出笑容。可能是因為與寇爾手牽手坐在一起，一副感情要好的姊弟模樣，所以顯得非常稚氣，看起來就跟其外表一樣像個少女。
羅倫斯不禁覺得就算赫蘿不是百分之百出自真心，有一部分也可能是她的真實心情。
就在這般互動之中，遠處已看見幾道想必是從爐灶冒出來的白煙，不久後便抵達了村落入口。看見村落的規模後，赫蘿一副不覺得自己有錯的模樣這麼說：

「咱可能吃太多小麥麵包了。」

靜靜座落在山腳下的堂斯格村看起來，確實像個不太可能吃得到小麥麵包的村落。

眼前可看見一半面積埋沒於山腳下、只能夠勉強用來防止害獸闖入的木柵，以及綁在該木柵上、用來驅邪避惡的教會徽幟。

若不是事前已聽過魔女傳說，肯定會覺得那徽幟顯得不可思議。

那徽幟只朝向前方的寬廣草原，卻毫不重視黑暗的後方，以及令人害怕的高山。看見那徽幟模樣，會不禁聯想到只害怕狼來攻擊，卻沒察覺到山賊出現在自己身後的少根筋旅人。

不過，羅倫斯本以為堂斯格村會是個感覺更懶散的鬱悶地方，卻發現事實並非如此。住家後方傳來孩子們的歡笑聲，寬敞的鄉村道路上也看得見山羊和羊隻一邊悠哉啃草，一邊四處走動著，看起來就像到處可見的普通村落一樣。

大家會說人們會爭吵幾乎都是因為不了解彼此而變得疑神疑鬼，或許這說法不盡然是錯。

羅倫斯走下馬車後，朝向騎在馬背上的弗蘭使了一個眼色。弗蘭點了點頭後，輕聲說了句：

「拜託您了。」

羅倫斯左手拉著弗蘭的馬兒韁繩，右手拉著馬車韁繩緩緩朝向村落走去。村落入口處一角有一名老人坐在被砍過的樹幹上，羅倫斯等人前進了一會兒後，老人總算察覺到他們的出現。

「開始了。」

羅倫斯簡短地說道，並在臉上掛起商人的笑容。

「唉喲……四位是旅人嗎？」

老人坐在這裡似乎是在看管放任飼養的動物。其手上握著用來趕羊的拐杖。

「幸會。我叫克拉福・羅倫斯，是一個旅行商人。」

「喲？您是商人啊？」

老人看向了羅倫斯，其埋沒在皺紋底下的眼神彷彿說著：「商人來這種鄉下村落到底有什麼事？」

村落裡先是小孩子，接著其他村民們也發現難得出現的訪客。

觀察這方的目光接二連三地從屋簷下，或從木窗縫隙之中投來。

「我們從位於遙遠南方、一個叫做留賓海根的地方前來。」

「留賓……」

「留賓海根。」

老人一直凝視著羅倫斯好一會兒時間，連點個頭也沒有。

那動也不動的樣子簡直就像用樹皮揉成的人偶。

「留賓海根被稱為教會都市。」

老人忽然從羅倫斯身上挪開視線，並看向坐在馬上的弗蘭。隔了一會兒後，老人也看向從貨台走下來的赫蘿與寇爾。

然後，老人突然嘆了口氣，並抬高仰望羅倫斯，眼神顯露不安。

「教會的大人們……找我們村落有什麼事？」

羅倫斯露出要是小孩子看了，可能會嚇得哭出來的滿面笑容回答說：

「是這樣子的，我們聽說貴村流傳著神聖天使降臨過的傳說。我們是忠實的神僕，很想了解一下詳細狀況，不知道您能不能告訴我們……」

老人的反應很遲鈍。

羅倫斯以開玩笑的口吻這麼說：

「天使現在還在這裡嗎？」

「沒有！那怎麼可能。」

聽到老人突然大聲說道，羅倫斯不禁感到訝異。

老人的響亮聲音嚇得豬隻發出尖銳叫聲，山羊則在旁伴奏。

等到明明不會飛，卻振翅想飛的雞隻逃跑後，老人看著羅倫斯的眼睛斬釘截鐵地說：

「天使跟我們村落一點關係都沒有。天使確實順道來過我們這裡。但是，只是問路而已。跟我們村落絕對、絕對沒有關係。」

看見老人拚命這麼主張的激動反應，儘管有些慌張，羅倫斯腦中卻是非常冷靜。

順道來過？跟村落沒有關係？

「我、我知道了。真的知道了，您別激動。」

別說是向老人打聽事情，光是用手擋住老人這麼說，就已經夠羅倫斯忙了。

老人氣喘吁吁地上下擺動著肩膀，卻還張大眼睛一副想再說什麼似的模樣讓身體往前傾。老人的嘴唇不停微微顫抖，看起來像是因為興奮，也像是因為恐懼。

但是，究竟是什麼事情讓老人有如此反應呢？

羅倫斯這麼想著時，幾名男子從村裡走來。

後方傳來衣服摩擦的聲音，羅倫斯知道那是寇爾驚訝地擺出備戰姿勢。男子們手上握著大斧頭和刀子，就連赫蘿看見也擺出備戰姿勢。

不過，弗蘭坐在馬背上，並且低著頭把兜帽壓得低低地，動也沒動一下。

羅倫斯做出手勢要弗蘭放心，但這麼做並非想在她面前逞強，也不是要安慰她。如果對方只拿著武器，羅倫斯或許會想轉身逃跑，但事實並非如此，而這也是弗蘭沒有慌張失措的原因。

前來的三名村民手肘以下的部位都沾著鮮血，各個臉上也都浮現感到困擾的表情。他們手上的斧頭和刀子想必是用來宰殺其他存在，更重要的是，打算殺害某人時，其實人們臉上不太會露出感到困擾的表情。

「你們是旅人啊？」

三人當中體格最壯碩的壯年男子開口問道。

老人回過頭試圖解釋狀況。

「沒事的，村長。你冷靜一點。」

老人沒能夠說出話來，只聽見他嘴巴一張一合的聲音。看來，村民們臉上的困擾表情並非只針對羅倫斯等外來者，似乎也針對身為村長的老人。

「薩卡！」

男子回頭過大聲呼喊後，一名女子從住家走了出來。

男子以手勢指了指村長後，掌握到狀況的女子立刻點了點頭，並朝向這邊跑來。

把村長交給名為薩卡的女子後，男子摸了摸村長的背以示安撫，跟著面向這方說：

「不好意思啊，旅人。村長沒有對你們說什麼難聽的話吧？」

說著，男子用力把斧頭插在地面上。

這名把黏在手上的內臟隨意往褲子上擦的男子，瞬間看出羅倫斯等人當中，是誰負責與人交談。如果住在城鎮裡，懂得看人是非常理所當然的事情，但一輩子住在村落裡的人，就不太能夠理解這方面的道理。

羅倫斯時而也會深刻體會到身分或地位是多麼虛幻的東西。

「沒有。只是，不知道是不是我問了什麼不該問的問題，他好像很害怕的樣子……」

羅倫斯說出試探話語後，滿臉鬍鬚的村民一副感到困擾的模樣笑著說：

「畢竟災禍總是來自外面。」

男子很懂得應付世情。

或許男子是負責村落交涉事宜的人。

既然如此，只要向男子表示謝意，應該能夠得到一定程度的回應。

「我叫克拉福．羅倫斯，是一個旅行商人。」

羅倫斯伸出了右手。

男子先是直直凝視著羅倫斯的臉，跟著看向自己的手，然後看向羅倫斯伸出的手。

雖然隔了好一會兒時間，男子最後還是握住羅倫斯的手，並自我介紹說：「我是烏魯．繆勒。」

「你們有什麼事呢？會讓村長害怕的原因不多。第一個，接他的人來了。第二個，徵稅官來了。第三個，有人來詢問跟村子有關的壞傳說。」

位於山中的村落會趁著農務的空檔狩獵。

繆勒在胸前交叉著雙手，其手臂差不多有羅倫斯的兩倍粗，而且手肘以下的部位還沾著鮮血，所以散發出魄力十足的感覺。繆勒兩旁站了兩名男子，雖然感覺不到敵意，但男子們一副正在從事勞力工作的模樣仍拿著刀刃，肩膀和頭部還冒著熱氣。

不過，羅倫斯這時如果表現得畏縮，就跟自覺心虧的表現沒什麼兩樣。

「老實說，我們很想了解關於天使傳說的內容，所以來到了貴村。」

「天使？」

繆勒皺起眉頭看向羅倫斯後方的一行人後，立刻一副想起天使傳說的模樣點了點頭。

「喔，什麼嘛，原來是為了這種事情啊。」

「方便告訴我們嗎？」

羅倫斯抬高視線說道，表現出卑微態度。

繆勒保持著農夫會有的爽朗態度，卻又符合獵人作風地豪邁大笑說：

「哈！哈！哈！你不用表現得這麼謙卑啦。你們八成是在鎮上聽到我們村子的壞傳說吧？鎮上那些傢伙以為每個不在城鎮生活的人，都過著無知且迷信的生活。當然了，村子裡也真的有這種愚昧無知的人，但我可不同。如果是想知道天使傳說，我很樂意告訴你們。」

雖然大家會說如果別人說的話能信，世上就不會有騙子和小偷，但羅倫斯認為沒必要刻意去懷疑繆勒。

而且，就算繆勒擁有羅倫斯無法識破的高超說謊功力，也不可能連赫蘿都瞞騙過去。

「旅人……對喔，是羅倫斯先生吧？你和你的同伴們吃飯了嗎？」

如果是私人的行商之旅，就算已填飽肚子，羅倫斯也不可能拒絕邀請。

羅倫斯露出詢問眼神看向弗蘭後，發現習慣旅行的弗蘭似乎也抱著相同想法。

「還沒有。」

「那這樣，可以順便請你們吃剛剛宰殺好的鹿肉……」

說著，繆勒環視了四周一遍。他可能是在猶豫該叫誰負責招待。

「維諾，等一下鞣皮作業我們來做，不過要借你家的地爐用用。」

「哎呀，這真是上天的旨意啊。」

名為維諾的男子一臉開玩笑似的說出這般話語。因為鞣皮作業算是重度勞力工作，所以不需要做鞣皮作業、只要借出地爐招待客人就能夠分到肉和酒，任誰都會說上一、兩句開心話語。

當然了，這時皺起眉頭的人會是繆勒。

「我不是要讓你去玩樂啊。知道嗎？」

繆勒不僅體格壯碩，也累積了歲數，嚇唬起人來魄力十足。

面對這般模樣的繆勒，維諾縮起脖子做出可愛反應。

「我知道。也不准喝酒，對吧？」

看見村民們的和平互動，羅倫斯發自真心地笑了出來。

不過，羅倫斯察覺到弗蘭這時也露出感到懷念的目光，眺望著村民們的互動。

聽說弗蘭曾被南方地區的富裕兌換商收留過，看見她一副懷念模樣看著這般互動，讓羅倫斯感到有些意外。

弗蘭會不會是回想到過往旅途上發生過的事情呢？羅倫斯這麼想著時，維諾回頭向羅倫斯等人搭腔。這時，弗蘭也迅速收起臉上的笑容。

「那麼，在這邊。請跟我來。」

羅倫斯等人就這麼在維諾的帶路下，來到典型村落住家前。

住家旁有一塊連柵欄都沒設置的小小菜園，菜園旁可看見綁在木樁上飼養的山羊和雞隻，看起來非常符合鄉下村落的風格。面向庭院的大型遮陽棚底下，有名女子背著嬰兒坐在地上。女子頭上纏著頭巾，專注地使用手動石臼磨著粉。

看見維諾態度輕鬆地向女子說話，並走近親吻了嬰兒，羅倫斯猜想維諾與女子應該是夫妻。女子擦拭汗水並站起身子後，在圍裙上拍了拍雙手。女子看見羅倫斯等人，先是露出有些驚訝的表情，跟著一副接下重責大任似的模樣用力點了點頭。

「我去取木柴回來，你們先到家裡面等我！」

羅倫斯點點頭回應維諾的話語，並決定進入維諾家中叨擾。

屋內可看見只是踏平土壤而成的泥地面，以及從天花板上垂掛著鉤子的地爐。天花板上確實設了用來排煙的小窗口，窗口上看得出曾經有不怕死的小鳥勇敢築巢過。房間角落放著用麥桿編織而成的簑衣和籠子，散發出濃濃冬季農村的氣息。眼見就快熄滅的微弱爐火在地爐裡晃動，讓人看了更覺寒冷。

弗蘭非常懂得當一個客人的禮節，她毫不遲疑地在火勢微弱的地爐旁坐下。赫蘿與寇爾一起用手指戳著掛在屋樑上的洋蔥時，維諾繞到後院走進屋內，並且抱著木柴從房間最裡面出現。

「你們村落是使用手動石臼啊。」

「咦？喔，是啊。行李隨便放在那邊就好。等我把這些加進去後……就去要鹿肉回來。」

維諾這麼說道，然後動作熟練且迅速地加入木柴。他吹了一、兩次氣讓火勢增強後，一副滿足模樣點了點頭，跟著急急忙忙地走出屋外。

「那東西怎麼著？」

「嗯？」

赫蘿原本從設置在土牆上的木窗縫隙望著屋外，她一回過頭便這麼詢問。

羅倫斯心想，赫蘿應該是指石臼吧。

「沒什麼，我只是想到這附近明明有河川，卻使用手動石臼真的很少見。」

維諾的妻子方才抱著石臼磨粉，那石臼是將兩塊石頭疊在一起組成。雖然依石臼的磨損程度不同會有所差異，但一組石臼磨出的粉應該足以應付一個家庭日常三餐的份量。

當然了，石臼愈大，一次能夠研磨的量就愈多。

為了製作每天食用的麵包，麥粉是不可或缺的存在，所以村落附近如果有河川，一般都會設置水車供所有村民使用。不過，水車並非免費，大部分地區都是領主在河川設置水車，然後藉由提供給村民或旅人使用，來徵收稅金。如果是使用手動石臼，領主就得不到稅收，所以羅倫斯才會覺得不可思議。

聽到羅倫斯的回答後，赫蘿一副像是能夠接受，又像不能接受答案似的表情點了點頭，但羅倫斯猜想赫蘿八成是不感興趣，才會有這般反應。

羅倫斯與弗蘭夾著地爐面對面坐下後，赫蘿與寇爾也跟著坐了下來。

不過，羅倫斯用手指頂了一下赫蘿，然後指向弗蘭。既然是隨身服侍弗蘭的人，當然應該坐在弗蘭旁邊。赫蘿顯得有些不悅地在弗蘭身旁坐下。

雖然弗蘭本人從方才就一直安靜不動，但提到石臼的話題時，似乎投來了視線。晚一點再向赫蘿詢問看看好了。

羅倫斯這麼想著時，維諾終於拿了滿滿一籃鹿肉回來。

從天花板上垂掛下來的鉤子掛著鍋子，鍋子裡放了細長胡蘿蔔、青菜以及牛蒡等食物大火熬煮著。赫蘿明明吃了那麼多麵包，看見鍋子旁準備了滿堆鹿肉，長袍底下仍顯得不鎮靜。

羅倫斯覺得只接受招待有些過意不去，所以決定表示一點心意。不過，羅倫斯不是拿出馬車上堆積如山的麵包和肉乾，而是拿出少量的鹽巴。一看見鹽巴，維諾與其妻子立刻瞪大了眼睛，這反應證實了只要換了個地方，風俗習慣就會不同。在這裡就算能夠招待大量新鮮鹿肉，想必也很難取得鹽巴。

羅倫斯心想「這就是做生意的基本動作」，但他知道如果這麼告訴赫蘿，赫蘿肯定會表現出冷漠態度。

「應該可以了。」

聽到維諾這麼說，原本攪拌著鍋中食物的維諾妻子把鹿肉放進鍋中。

如果沒放進鹿肉，這鍋料理肯定不合赫蘿的胃口，但鍋子裡散發出羅倫斯熟悉的泥土味。鹿肉很快地煮熟了，維諾妻子用碗盛起料理，並照著寇爾、羅倫斯、赫蘿的順序，從位置較近的人開始分起料理。

最後準備盛給弗蘭時，一直保持沉默的弗蘭緩緩說：

「我不吃肉。」

準備盛料理的維諾妻子聽了後，露出驚訝的表情。

一個連教會都沒有的村落，想必也不太會有「聖職者不吃肉」的觀念。

維諾妻子慌張地看向赫蘿，赫蘿則是一副彷彿在說「沒得吃肉了嗎？」似的泫然欲泣表情。

有人在這時插嘴說話。出乎意料地，說話的人竟是維諾。

「原來如此，我聽說過節制表現是神明樂見的行為，但適量蔬菜好像是被允許的。」

赫蘿點了點頭後，維諾接續說：

「這頭鹿出生以來，除了樹芽之外從沒吃過其他東西，就跟植物沒什麼兩樣。所以……」

維諾從妻子手中接過勺子，並在赫蘿碗裡多放了足足五塊肉。

他打算也同樣在弗蘭碗裡加肉時，弗蘭在兜帽底下笑著拒絕了。羅倫斯以為維諾會態度強硬地在弗蘭碗裡加肉，卻看見他只加了蔬菜和湯汁。

然而，維諾這麼做並非對弗蘭的信仰心感到佩服，而是察覺到弗蘭兜帽底下的膚色。因為羅倫斯從旁也清楚看出維諾吃了一驚。

在人來人往的城鎮看到弗蘭的膚色也會感到驚訝，所以村民會感到驚訝也不足為奇。

儘管感到驚訝，但身為舉辦臨時宴會的主人，倘若對客人做出失禮表現，可是會損及名譽。

維諾重新提起精神，並展露笑顏這麼說：

「好了，大家請用吧。」

聽到維諾話語的同時，寇爾沒有像平常那樣狼吞虎嚥起來，而是一口一口地品嚐料理。或許是感到懷念吧。

因為維諾招待的料理，正是會讓人懷念的料理。

「真好吃。」

雖然聽到這句再平凡不過的話語，但維諾夫妻倆一副開心模樣笑著。

「這頭鹿今天早上才抓到。你們的運氣很好。」

「是啊，在城鎮裡很少有機會吃到這麼好吃的鹿肉。」

在村落，村民最喜歡看見客人大吃大喝。

聽到赫蘿迅速說出再來一碗的要求，維諾儘管瞪大了眼睛，卻也大笑了出來。

「那麼，你們是來打聽天使傳說這種老掉牙的事情啊？」

維諾拿著木柴調整地爐的火勢，每調整一次，火花就會朝向天花板揚起。

雖然這般調整火勢的方式在鎮上可說草率到了極點，但維諾應該是因為抱著「房子要是燒了再蓋過就好，就算房子燒了也不會延燒到四周」的寬懷心態，才會這麼做。

「是的。大致上的內容我們已經在鎮上聽說過了……」

羅倫斯放下碗，並擦了一下嘴角後，指向弗蘭說：

「我在偶然的因緣際會下，為這位弗蘭小姐帶路。弗蘭小姐說什麼也想確認一下天使傳說。」

「喔……修女大人怎麼會有興趣呢？」

「弗蘭小姐雖然是寄身於修道院的修女，但也是一位曠古稀世的銀飾品工藝師。弗蘭小姐收到主教大人的命令，請她務必打造出天使模樣的銀飾品。」

「喔……」

維諾毫不客氣地注視著弗蘭，弗蘭則是一副習慣受人注意的模樣垂下眼簾。

她這般模樣看起來，確實像是散發出神聖氣息的修女。

相較之下，赫蘿卻張大嘴巴準備把一塊特別大的肉塊送進嘴裡。雖然因為發現羅倫斯的注意目光而停頓了一下，但她還是把肉塊塞進嘴裡，並且在那之後展露笑顏。只有在這個時候，赫蘿才像個楚楚可憐的修女。

「旁邊這位赫蘿受命於主教大人，負責照料弗蘭小姐的生活。這位少年寇爾則是北方人，受命為我們帶路。在下我負責這組人馬的對外交涉工作。」

羅倫斯先咳了一聲，然後對著維諾說：

「那麼，不知道方不方便告訴我們詳細內容呢？還有……」

說著，羅倫斯一副懇求模樣探出身子接續說：

「可以的話，想麻煩你帶我們到傳說的發生地點。」

維諾用刀子刺起一塊鹿肉，然後生吃下肚。

這樣的飲食習慣在寒冷地區或許並不稀奇，所以寇爾沒有表現出驚訝模樣。看見維諾這般舉動後，出乎意料是赫蘿表現得最驚訝。

「喔，那是無所謂啦……」

對村民而言，留下傳說或謠言的地方，有時候會是很特別的地方。

羅倫斯一直認為不管怎麼拚命懇求，並且使出懷柔策略，也要看求人技巧如何，才可能讓村民願意說出傳說之地，沒想到似乎能夠順利得知地點。

不過，維諾說完話後，並非露出感到厭惡的表情，而是露出擔心表情這麼說：

「你們沒問題嗎？我看你們放在外面的行李那麼多，應該是打算在魔女森林過夜吧？」

「魔女森林？」

「就是造成我們村落傳出奇怪謠言的地方啊。你們也聽說過魔女傳說吧？」

可能是因為繆勒特別叮嚀過，維諾陪著羅倫斯等人小口小口地啜飲酸葡萄酒。維諾一副怨恨模樣把酒倒入手邊的碗裡。

羅倫斯當然要趁著這個瞬間，裝出一副無知模樣說：

「老實說，我們只知道有這樣的謠言……」

「嗯，是嗎？那這樣表示魔女傳說在鎮上已經沒那麼被熱烈討論了啊……這兩個傳說都不是太複雜的故事。你們如果想去魔女森林，我也可以馬上帶路。地點不會太遠。」

羅倫斯把視線移向弗蘭後，看見弗蘭輕輕點了點頭。

「如果不會給你添麻煩的話，我們想馬上去看看。」

「哈！哈！哈！怎麼會麻煩呢。多虧你們來到這裡，我才能夠在工作時間喝酒又吃肉。商人或修女大人或許很少有機會做這種工作，但其實解剖鹿隻很辛苦的。」

解剖鹿隻必須先分類好肉、皮、骨頭和肝臟，每種類又必須經過好幾道事後處理。

鹿肉必須加以保存，鹿皮必須在腐爛前先做鞣皮處理，肝臟則是先汆燙過，再做成香腸之類的食物。鹿骨能夠加工成餐具、箭頭或裝飾品，肌腱也能夠做成強韌有力的弓弦或繩子。

因為解剖下來的淨是一些如果拖拖拉拉不處理，就會腐爛的東西，所以維諾等人的工作想必真的很辛苦。

維諾一口氣喝下碗裡的葡萄酒後，說了句：「好吧。」

「不過，去魔女森林之前，要先跟你們說天使傳說才行。要是落得必須在魔女森林裡說天使傳說的下場，可就慘了。」

說著，維諾笑了出來。

維諾雖然對魔女森林有所忌諱，卻不會做出誇大表現。看來他頂多只是把魔女森林視為不祥之地而已。

「你們知道多少內容呢？」

「地點在這村落附近的森林和湖泊，那時天上傳來動物叫聲，黃金之門同時打了開來，然後天使朝向黃金之門飛去……」

羅倫斯說話時，維諾一直用勺子攪拌鍋中料理，並沉默地以動作詢問赫蘿與寇爾要不要再來一碗。弗蘭只是緩緩喝了湯汁，碗裡的蔬菜也沒有變少。

相對地，赫蘿與寇爾兩人則是直率地遞出碗，所以維諾顯得非常開心地點了點頭。

「內容大致上差不多。森林是指沿著從湖泊流出的河川延伸開來的那片森林。聽說那是一個很冷很冷的冬天，村長當時還是個小孩子。」

維諾在兩人碗裡盛了滿滿的料理。這時他之所以有些低著頭露出淡淡笑容，想必是因為說到這類話題時會有的獨特難為情心理。

「聽說那天風很強，就連耳朵都凍得快掉了下來。那天因為突來的暴風雪，讓三、四天前進入森林打獵的村裡獵人，就這麼被困在森林裡。不過很幸運地，從湖泊流出的瀑布旁邊有一間燒炭小屋。然後，在那天晚上暴風雪好不容易停了。當晚的天空找不到一片雲朵，月亮就像太陽一樣閃閃發光。聽說那是一個遠方不停傳來風聲，令人毛骨悚然的夜晚。因為大家一直被困在燒炭小屋裡，所以很想呼吸外頭的新鮮空氣。於是大家豁出去地走到屋外。就在這個時候……」

每個人都聽得入神時，地爐裡的木柴輕輕發出劈啪一聲。

「低沉的長嚎聲傳來。嗚～～嗚～～那聲音震撼著大地。每個人都嚇得一副狼狽模樣。大家想起森林和高山裡有怪物，於是準備逃回小屋。但是，就在他們準備回到小屋的瞬間，長嚎聲突然停了。然後，他們往瀑布的方向看去。」

維諾彷彿想重現那些獵人所見似的，以一副仰望瀑布的目光望向天花板。

「在那瞬間，他們看見背上長出一對銀光閃閃羽毛的純白天使，從瀑布下方朝向出現在天上的金色大門振翅飛去。」

儘管已經說完了故事，維諾還是持續凝視著空中好一會兒時間。

他一副沉浸在天使往天空飛去的餘韻中似的模樣，動也不動一下。

好不容易才放低視線，並喝了一口葡萄酒後，維諾明顯表現出難為情的模樣。

維諾一定很喜歡這類的故事。

「故事說得詳細一點，差不多就是這麼回事吧。在那之後，就被說成是天使傳說，並且流傳到現在。」

「原來如此……」

維諾的視線前方，彷彿還看得見朝向在月夜裡開啟、通往天庭之門飛去的天使模樣。

傳說或迷信淨是一些荒腔走板的故事。

然而，正因為這些荒腔走板的故事有種奇妙的現實感，才會長久流傳下去。

「不過，在那之後沒有人再看過天使。聽說有段時間這傳說還傳到了鎮上去，村子也因此熱鬧了起來。不過……到了最近，大概只有小孩子會喜歡聽而已吧。」

維諾瞇起眼睛，然後帶著自嘲意味說道。

「維諾先生……」

「嗯？」

「你也覺得只是傳說嗎？」

雖然覺得這麼提問顯得壞心眼，但羅倫斯很想看看維諾的反應。

「嗯……我也不知道耶……」

不出所料地，維諾看著手，然後顯得悲傷地笑了笑。

維諾身上散發出一股很想相信卻相信不了的氛圍。

「以我們的立場來說，當然很想相信是真的。」

「哈哈。」

他或許是在對自己說「身為堂斯格村的村民怎麼能夠不相信呢」，才會笑了出來。

「有時候我也會跟著繆勒先生到鎮上去。在鎮上，我們會聽到人家說在這麼偏僻的鄉下村落大鬧什麼神啊、惡魔啊的謠言，幾乎都是因為看花了眼或想太多。我還聽說如果以為山上每天晚上都會出現眼睛發光的怪物，其實那是金礦床。所以我也會覺得天使傳說應該是這類的東西，不過……」

維諾說到一半停頓了下來，那模樣看起來顯得疲憊不堪。

羅倫斯看過好幾次類似的模樣。

在過去，只要活在蒙昧無知的古老信仰之中就好，但現在不同了。如今世上黑暗處一個接著一個被照亮，一直以來深信不移的觀念基礎變得搖搖欲墜，而維諾這般模樣就是疲憊於活在這般世界的模樣。

羅倫斯年幼時離開村落，並得知世界真實模樣後，也為此感到內心動搖不安。寇爾之所以一副痛苦模樣注視著維諾，也是因為直到最近寇爾仍身處這般動搖情緒之中。只有赫蘿一人面無表情地注視著維諾。

然而，赫蘿的面無表情並不代表其內心很平靜。

「如果我們村子的天使傳說也是這類的東西……那會讓人覺得很感傷。不過，這也是沒辦法的事情就是了。」

維諾聳了聳肩膀，然後喝了口酒。

「村裡頭腦比較好的那些傢伙說，應該是把隨風飛起的雪花，看成了天使的翅膀。或許真相也是像這樣的猜測吧。」

如同赫蘿或哈斯金斯他們因為自身存在被人們遺忘，而開始迎合人類世界，或不斷與人類發生摩擦，人類絕對無法一副若無其事的模樣與古老世界訣別。

黑暗處變少，不再有不可思議的跡象，神秘也被揭開。

羅倫斯猶豫著該不該繼續問下去。

每個人長大後，都想過希望能夠一直當個天真孩童。

「糟糕，我怎麼會跟教會的大人物說這些奇怪的話呢。而且，難得對方還認為天使傳說是真的而前來。你們不要因為這樣就認為堂斯格村那些傢伙是不相信天使的無神論者喔？我也很想相信真的有天使。」

羅倫斯當然露出笑臉點了點頭。

正因為維諾提及天使傳說時能夠保持如此客觀的態度，所以提及魔女傳說時，想必也能夠保有一定程度的理性。

如果維諾是執著於信仰心的人，可能光是聽到有人提起魔女傳說，就會像村長那樣暈厥過去。

「不過，讓別人相信天使傳說有好也有壞。」

「咦？」

羅倫斯反問後，弗蘭也把視線移向維諾。維諾發出「嘿咻」一聲先彎起一邊膝蓋，然後站起身子，並且一副習慣於回答的模樣這麼說：

「魔女傳說啊，並非跟天使傳說完全沒有關係。」

維諾說話時沒有看向羅倫斯等人，他把吃了生肉的刀子插回腰上，然後一邊看向遠方，一邊揉了揉鼻子。等到維諾總算看向這方時，已是一副獵人模樣。

「災禍總是從外部來。這是繆勒先生的口頭禪。」

正是從外部來的羅倫斯難以做出回應。

所以，先不管早已一副用完餐模樣的弗蘭，羅倫斯催促赫蘿與寇爾趕快吃完碗裡的料理，並迅速做好出發的準備。

向在村落廣場曬著鹿皮和鹿肌腱的繆勒等人打完招呼後，羅倫斯等人在維諾的帶領下離開了村落。聽說村落後方也有通往森林的道路，但騎馬或駕駛馬車根本無法通行。所以，一行人決定先離開村落，再繞過森林而行。

那是一條目前不再被使用、沿著從湖泊流出的河川北上的道路。

走在這條道路上，高山就近在眼前，並且必須沿著在山腳延伸開來的森林前進。老實說，走起來不怎麼舒服。

有一種就快被從山頭溶化下來的綠海吞噬的感覺。

一邊讓車輪在雪地上滑行，一邊不知道前進了多久時間。

總算抵達了有一條小河流出的森林入口。

「只要從這裡往北走就可以了。這裡的河岸很寬吧？聽說很久以前河川有這麼寬呢。」

河岸的寬度足以讓羅倫斯等人駕著馬車在河邊前進。而且，前進時感覺不出雪堆底下都是石頭，所以想必湖泊流出的水量劇減至今，已經過了好幾年的時間。

「話說回來，在冬天最冷的時期，你們也會去打獵啊。剛才聽說你們打到鹿時，其實我嚇了一跳。」

維諾離開村落後，臉上表情就一直開朗不起來。聽到羅倫斯語調沉穩地說道，他顯得得意地笑著說：

「因為這時期會留下很明顯的腳印。不過，敵手也是不容忽視，牠們知道我們因為積雪的關係，只去得了一些地方後，就會準確地避開這些地方行動。不過，我們是連狼都騙得了的獵人。我們會化為樹木、化為空氣，在時機正好的瞬間一口咬上去。」

維諾說話時一副得意模樣，讓人就是想拍他馬屁，也無法誇獎他是一個冷靜沉著的獵人。不過，因為身邊有一個像維諾一樣的傢伙，所以羅倫斯還是客套地笑了笑。

而且，就算不是這樣，羅倫斯一樣會露出笑容。因為他非常了解在雪山裡被當地居民討厭是一件多麼可怕的事情。

「這附近也有湖泊對吧?這樣應該也會有很多動物聚集吧。」

「是啊，確實有很多動物。不過，已經有好幾年不太打獵了。」

「為什麼呢?」

「就是因為魔女啊。村民把湖泊附近的森林稱為魔女森林，沒有人願意靠近那裡。」

看見維諾如此公然地承認這種事情，羅倫斯不禁感到有些驚訝。

維諾似乎也察覺到羅倫斯的驚訝反應。他說了句：「對喔。」然後顯得困擾地笑了笑。

「就是說這種話，才會被人誤解喔。我們不認為真的是魔女。我是說真的啦。」

羅倫斯瞥了赫蘿一眼。從赫蘿的表情，羅倫斯得知維諾似乎沒有說謊。

對於堂斯格村而言，魔女傳說似乎被放在非常特殊的位置。

「你說的那個魔女到底是……？」

「聽說魔女原本是一個不知道叫做什麼的偉大修女。呃……」

說著，維諾看向騎在馬背上的弗蘭。

弗蘭緩緩看向維諾，然後保持柔和笑容做出表示疑問的傾頭動作。

「抱歉，失禮了。因為我想不出名字來……不過，總之啊，那個修女原本是在沃姆河附近的城鎮耶諾斯？」

「我是聽過羅姆河沿岸的城鎮雷諾斯。」

「喔，那應該就是你說的這個城鎮。聽說修女以前就住在那裡，那時候的她美麗又聰明，傳教口才更是好到只要向神明祈禱，連神明也會聽得入神的地步。」

赫蘿趁著點頭的時候，看向羅倫斯。

每次話題中一提起美女，赫蘿就會正直地做出反應。

看見羅倫斯聳了聳肩後，赫蘿重新看向維諾。

「據說修女的熱心讓很多壞人改過向善。因為她每天不惜犧牲睡覺時間也要訴說神明教誨，最後終於讓整個城鎮不再有需要聆聽傳教的壞人。於是，修女開始向其他對象傳教。」

羅倫斯不禁變得很想知道故事的後續。

聽維諾描述天使傳說時，也讓羅倫斯有相同反應，看來維諾似乎本來就很會說故事。繆勒之所以要維諾負責招待羅倫斯等人，或許就是因為他有這項特技也說不定。

「聽說一開始修女是對小鳥或貓傳教。城鎮裡的人都敬仰她是慈悲為懷的聖女。可是，不久後修女甚至也對豬隻或老鼠開始傳教，整個人也從那時候開始變了。到最後，儘管受到在城鎮裡流浪的野狗群襲擊，修女仍然像被什麼附身了一樣不停地傳教。雖然城鎮裡的人有出面阻止，修女還是堅持要傳教。然後，就在某天……」

一行人腳步扎實地踩在冰塊參雜其中的雪地上，發出「啪哩、啪哩」的聲響。

完全融入故事裡的寇爾，雙手握拳聽得入神。

「修女突然消失得無影無蹤。而且，那些開始會聽她傳教的野狗也不見了。」

維諾做出如棉花飛去般的輕柔手勢。

寇爾彷彿追著棉花看去似的看向天空，然後急忙把視線拉回地面說：

「那、那個，後來呢？修女消失不見後，怎麼了呢？」

「別急，聽我說完。到這裡的故事是繆勒先生在鎮上收集來的內容。接下來是我們實際看到的內容。」

羅倫斯心想，原來如此。

因為羅倫斯才在想維諾怎麼會對傳說這麼熟悉，原來是那個代表村落、名為繆勒的人物，去城鎮打聽並收集故事內容回來。

想必繆勒是因為看到一名脫離常軌的修女某天突然來到村落，才會去打聽故事內容。

「事情發生在某年的盛夏。那時期麥田散發出嗆鼻的味道，蟲子討人厭地到處飛來飛去。算一算差不多有十年的時間了吧。當時明明不是寒冬，卻出現一個穿著厚重衣服的修女。那真是把我們給嚇壞了，畢竟修女身後跟了無數隻野狗。」

熱氣一股一股地慢慢湧上之中，身穿厚重衣服的修女帶著大群野狗站在村落邊界。

沒有什麼比這樣的場景更令人毛骨悚然了。

寇爾也嚇得抓著赫蘿的長袍下襬。

「村長說了句『墮落天使來終結我們了』之後，就整個人倒在地上。在那之後，村長就一直坐在村裡那個位置，每看到有人來村子拜訪，就會大鬧一番。」

「那真是太遺憾了……」

「沒什麼，村長以前很囉唆，所以這樣多少變得安靜一些，免得吵死人。沒事，言歸正傳，說到這個來到村子邊界的修女，當時就具有十足威嚴的繆勒先生決定親自應接。繆勒先生問了修女從哪裡來、是何等人物，也問了修女有什麼目的。結果，修女這麼回答。」

聽說這裡有條路能夠讓天使通行。

當時修女的沙啞聲音彷彿就在耳邊縈繞。

維諾氣氛十足地說出修女的回答後，接續說：

「我們立刻察覺到修女是指與森林和湖泊有關的天使傳說。面對這樣的訪客，不用說是繆勒先生，連我們都想趕走她。所以，我們馬上為修女帶路。但是……」

羅倫斯覺得都快聽見寇爾吞下口水的聲音。

「一抵達那片森林，修女忽然叫野狗攻擊我們。這就是我當時被野狗攻擊的傷痕。」

維諾捲起袖子，露出手臂給寇爾這個最專注的聽眾看。

羅倫斯與赫蘿也探出頭看了維諾的手臂後，兩人互看著彼此。

雖然羅倫斯與赫蘿沒有開口說什麼，也沒有表現在臉上，但兩人都知道那八成只是被樹枝勾傷的傷痕，而且是很久以前的傷痕。肯定是維諾在孩童時代受的傷。

不過，因為這樣說起故事來比較有趣，所以羅倫斯與赫蘿都沒有做出掃興的舉動。

「在那之後，修女就利用野狗攻擊人們，不讓任何人進入森林，還一副森林屬於她似的模樣住了下來。雖然那片森林是最佳打獵區，但我們也只能換到其他地方打獵。你說我們夠不夠慘？

所以，大家為了解悶消氣，就一直說那個女人是魔女。這就是事情的真相。」

「那麼，魔女現在呢？」

聽到羅倫斯的詢問後，維諾一副怨氣無處可消的模樣嘆了口氣說：

「誰知道……聽說這幾年都沒看到她，我想應該是去其他地方了吧……因為都沒有人願意進森林確認，所以不知道還在不在。所謂不去惹人，別人就不會來惹你。你說對吧？」

羅倫斯緩緩點了點頭。村民們不同於一個城鎮接著一個城鎮不斷移動過活的旅行商人，他們不能像旅行商人一樣抱著「先偷看一下，等到發現有危險時再逃跑就好」的心態。

「所以，我們現在也不會去森林，以免不小心發生什麼意外。你們還說要在森林裡過夜……真的不會有事嗎？」

說來說去，你根本就是害怕遇到魔女；羅倫斯當然不會這麼恥笑維諾，因為只有不知道夜裡的深山或森林有多麼恐怖的人，才會這麼做。就算認為魔女純粹是輕蔑人的稱呼，感到害怕也是正常的反應。

所以，羅倫斯盡量保持開朗表情這麼說：

「是的。不管怎麼說，我們這裡有三位受到神明庇佑的人。」

從弗蘭與赫蘿的外表，維諾看得出兩人是受到神明庇佑的人，但似乎不明白為何寇爾也是其中一人。

「寇爾是專門抄寫聖經複本的寫字生學徒。這職業非常難能可貴。」
維諾露出有些驚訝的表情，並表示歉意地說了句：「真是失禮了。」
「說起來，搞不好跟我度過一晚還比較危險呢。」
比起裝模作樣的玩笑話，容易懂的玩笑話更能夠博君一笑。
維諾大笑了出來，但羅倫斯恢復嚴肅表情補上一句說：
「啊，對了。」
「嗯？」
「萬一我們在半夜跑回村落，請不要把我們當成惡魔趕出去喔？」
維諾露出一臉呆然表情。
然後，再次大笑出來。
「哈！哈！哈！那當然。像我們這種習慣山中生活的人，第一次在山中的燒炭小屋過夜時，有時候也會哭著逃跑回家。如果是以後必須在山上生活的小毛頭，就是用打的，也會把他打回山上去，但如果是你們，總不能比照辦理吧。」
羅倫斯想起第一次與行商師父進入森林時的經驗。
「不過，走夜路很危險，而且沒有不會天亮的夜晚。這算是我給你們這些準備上山的人一點忠告。」

真是個好村民。

羅倫斯展露笑臉點點頭回應維諾的話語。

「好了，差不多快到了。」

說著，維諾用力吸了一口氣，直到方才還散發出的輕浮氛圍也隨之藏起。

眼前所見的只是一般河川沿岸道路的景色。往前方看去也是類似的景色，但因為河川在中途轉彎，所以看不見轉彎後的景色。

「從這裡更往上走，就會遇到瀑布。上面就是湖泊，瀑布前方應該會看到一間燒炭小屋。你們如果覺得那間燒炭小屋住不了人，儘管回來村落吧。」

維諾以非常符合站穩腳跟的農夫作風，在最後語調鎮靜地這麼說。

「願神庇佑！」

從維諾的行事作風，看得出他果然是住在傳出天使傳說的森林與湖泊附近的村民。

從森林流出的土壤想必非常均勻地蓋在河岸上。

加上積雪讓路面變得更加平坦，使得馬車行進起來再輕鬆不過了。

等到看不見維諾的身影後，赫蘿動作輕盈地跳到駕座來。

「氣死人了。」

然後，赫蘿這麼說。

赫蘿手上拿著她的小手也握得住的小桶子，如果羅倫斯記得沒錯，那小桶子裡應該裝著為了緊要關頭時所準備的蒸餾酒。

羅倫斯急忙地想要沒收小桶子，卻看見赫蘿露出尖牙嚇唬人。

「明明已經順利打聽到傳說內容，還裝出一副正經模樣。」

弗蘭一副著急模樣騎著馬走在前頭。

羅倫斯確實已經順利打聽到傳說內容，但還沒有做到弗蘭提出、赫蘿也同意的「證明傳說正確性」的條件。

從這樣的觀點來說，弗蘭沒有做出任何反應說是理所當然，也確實沒錯，只不過赫蘿顯得相當不悅。

「汝都不會生氣嗎？」

聽到赫蘿這麼說，羅倫斯一邊稍微往後縮起身子，一邊回答說：

「如果每件事情都要生氣，身子哪受得了啊。」

赫蘿一邊咬著酒桶邊緣，一邊瞪著羅倫斯，但羅倫斯知道赫蘿不會那麼不講理。

說不定赫蘿是喝醉了。

羅倫斯這麼想著時，赫蘿粗魯地嘆了口氣，然後把酒桶塞給羅倫斯說：

「汝的心胸真是寬大吶。」

「……啊，喂！」

羅倫斯還來不及阻止，赫蘿已經跳回了貨台上。

他一邊心想「赫蘿到底是怎麼了？」一邊看向赫蘿塞給他的酒桶後，發現了一個事實。

酒桶的栓子雖然打開了，但桶子裡的酒並沒有減少太多，所以赫蘿不太可能喝醉酒。

不過，赫蘿有些時候也很任性，或許她純粹是跟弗蘭合不來吧；羅倫斯這麼改變想法後，蓋回酒桶的栓子，並重新握住韁繩。

在那之後，一行人順利前進，最後終於在一間燒炭小屋前停下馬車。燒炭小屋就蓋在水量雖少，卻具有十足高低差的瀑布位置。

燒炭小屋彷彿蹲在大樹與大樹之間似的，被蓋在兩株大樹中間。不過，想必是因為位於下雪地區，才會這麼建蓋。雖然這樣像是屋頂上方又多了一層屋頂而顯得多餘，但在這裡不算多餘。因為伴隨著雪的強風，會將因積雪而垂下的樹枝吹落下來。

弗蘭跳下馬背後，沒表現出太多遲疑地走近小屋。

羅倫斯見狀，急忙地走下駕座。因為他想起維諾說過魔女會利用野狗驅趕村民。

「沒事的。」

說著，弗蘭打開小屋大門。弗蘭的動作實在太過乾脆，羅倫斯根本來不及阻止。

羅倫斯目瞪口呆地看著弗蘭時，赫蘿拉著一副不安模樣四處張望的寇爾走近。

「真是一副很了解狀況的樣子吶。」

羅倫斯知道赫蘿應該不是對弗蘭的一言一行都感到厭惡，而弗蘭實際上的表現也確實如赫蘿所形容。

說不定她曾經來過小屋好幾次。

而且，雖然看得出小屋已有很長一段歷史，卻看不出像是被放置很長一段時間不理的建築物，會有的塵埃及腐朽感覺。雖然維諾說過村民不會進入這片森林，但現在就決定完全相信他的話，似乎太早了一些。

「羅倫斯先生，請拿行李。」

弗蘭忽然從門口探出頭，然後這麼說。

羅倫斯帶著回到徒弟時代的心情回答了句：「馬上來。」

「別吵架啊。」

與赫蘿擦身而過時，羅倫斯拍了拍赫蘿的肩膀這麼說道。

雖然因此被赫蘿踹了一腳，但看見聽到魔女的故事而害怕的寇爾表情變得開朗後，羅倫斯決定不跟赫蘿計較。

羅倫斯從馬車上一件一件地搬運行李進入小屋內，並照著弗蘭的指示位置擺放。行李的數量頗多，包括了四人份的食物、酒、棉被，加上能夠輕鬆住上好幾天的木柴。等到搬完所有行李時，羅倫斯已經滿身大汗，但不會過多也不會過少的行李正好全放進了小屋內。

而且，雖然小屋內多少有一些塵埃，但既沒有看見蜘蛛網，也沒發現地板有腐朽之處。小屋內打掃得很乾淨，也沒看見天花板上有任何破洞。

應該有人定期來這裡修補和打掃房子才對。最後一次是在下雪前來打掃嗎？

羅倫斯一邊擦拭汗水，一邊這麼猜測時，看見通往最裡面的走廊前掛著用來隔間的生皮，那生皮看起來也不像經年累月一直被掛著的樣子。這時，赫蘿從生皮後方探出頭說：

「大笨驢呢？」

赫蘿應該是指弗蘭吧。

羅倫斯指向屋外，然後回答說：

「她去拿馬車上的銀飾品工具。應該是不想讓我碰工具吧。」

「嗯。」

赫蘿點點頭，並扭動脖子發出喀喀聲響。

「寇爾跑哪兒去了？」

雖然很想說出「妳又丟下他了啊？」的玩笑話，但羅倫斯還是不敢這麼說。

「汝也來瞧一瞧就會知道。」

赫蘿忽然把頭縮回生皮後方，然後發出輕快腳步聲往裡面走去。

裡面可能有什麼東西吧？羅倫斯這麼思考著時，弗蘭走了回來。

鑿子、槌子、銼刀、風箱，還有鐵砧。雖然每樣工具都很小，但湊在一起還是有一定的份量。

弗蘭巧妙地把這些工具綁在一起，並扛在肩上走回來。她平常一定是獨自扛著這些工具，不管路途有多麼漫長或山路有多麼崎嶇不平，照樣一副若無其事的表情向前邁進。

羅倫斯很容易就能夠想像出弗蘭這般模樣的畫面，可見她扛著工具的身影顯得風範十足。

「她們兩位在裡面嗎？」

「是的。啊，我來幫妳。」

比起背起沉重行李，放下時會更加吃力。

然而，弗蘭搖了搖頭，然後同樣一副熟練模樣彎下膝蓋，把行李放在地板上。

不要靠著腰力搬上搬下行李！羅倫斯曾經被師父這樣罵過好幾次。如果靠著腰力搬上搬下，很容易就會造成腰部受傷。這是從事勞力工作時的小智慧，不知道弗蘭是在哪裡修得這種底層工人的技巧？羅倫斯有些在意了起來。

「裡面有什麼嗎？」

弗蘭取出生火用的石頭和麥桿，但沒有回答羅倫斯的問題。取而代之地，她把石頭和麥桿遞給羅倫斯，並看了看地爐。除了照著弗蘭的指示迅速生火，羅倫斯沒有其他選擇。他不禁心想，如果被旁人看見了，或許會覺得他顯得窩囊。

羅倫斯接過石頭和麥桿，並蹲在地爐前準備生火。在那下一秒鐘——

「您去看了就會知道。不說這個了，跟您借一下喔。」

「……咦？」

羅倫斯還來不及反問借什麼東西，弗蘭已經往生皮垂簾的另一端走去。

儘管納悶著不知道弗蘭要借什麼東西，但羅倫斯還是繼續生著火。這時，他聽見兩道腳步聲走了回來。

羅倫斯抬頭一看，看見弗蘭以及被拉著手的寇爾一臉困惑地走來。

「您那樣子會很辛苦，請穿這個。」

弗蘭從行李中取出一雙漂亮鞋子想要給寇爾穿。

那雙鞋子纏上好幾層表面平整的鞣皮，如果花錢買，應該要花上一筆不小的金額。

寇爾一邊接過鞋子，一邊顯得不安又惶恐地看著羅倫斯。羅倫斯心想弗蘭又不會吃人，於是點了點頭。

「我會在天黑前回來。方便請您準備晚餐嗎？」

身為一個拜託對方繪製北方地區地圖的人，羅倫斯當然沒理由拒絕。

不用說拒絕了，羅倫斯反而覺得弗蘭願意刻意這麼說出口，似乎與她拉近了一些距離，所以忍不住做出親切回應。要是赫蘿在身邊看見羅倫斯的態度，肯定會生氣，但弗蘭則是點了點頭，然後牽起拖拖拉拉換著鞋子的寇爾走出屋外。

等到生起的火苗轉大後，羅倫斯站起身子往最裡面走去。

走廊是沒有鋪上地板的泥地，即使穿著鞋子走在上面，也能感受到嚴寒徹骨的冰冷空氣。話雖這麼說，走廊上果然也確實被打掃過，沒有顯得一片髒亂。連牆壁上都看不到半個被老鼠咬的破洞，實在有些奇妙。

羅倫斯一邊到處張望，一邊走進與走廊相連的最裡面房間後，看見赫蘿坐在椅子上，眺望著掛在牆上的古老教會徽幟。

「咦？」

不對，那不是赫蘿。真正的赫蘿在書架前方嗅著老舊書本的味道。

那麼，是誰坐在椅子上？

羅倫斯重新看向椅子的方向。在木窗裂縫射進來的陽光照亮下，羅倫斯看見椅子上的背影比赫蘿高了一些，更明顯不同的是，背影身上的兜帽破了洞，長袍下襬也有修補過的痕跡。

「這傢伙就是村民說的魔女唄。」

赫蘿一副沒什麼大不了的模樣說道，然後把書本放回架上，並走近椅子頂了一下魔女的頭。

「嗚……喂！」

「怕什麼，沒事的。早就變成肉乾了。咱以為寇爾小鬼會嚇得腿軟，沒想到那小鬼意外地堅強呢。」

在被大雪封閉的地方，經常有機會看到乾燥的屍體。

現在羅倫斯總算知道是怎麼回事了。

他心想，寇爾應該是被帶去進行雪山搜索。

「不過，會坐在教會徽幟前面斷氣，實在不像魔女。」

「照寇爾小鬼所說，這傢伙有可能是遠近馳名的修女。」

「是喔。」

房間裡的書架上放著滿滿的書本和羊皮紙束。

看見這般狀況，羅倫斯更加確定自己的猜測沒錯。

羅倫斯猜測小屋主人的修女行徑變得怪異後，仍然有人敬仰著她，就是在她往生後，仍然會定期前來小屋。如果不是這樣，小屋怎麼可能維護得這麼好，也不可能收集這麼多書本，且完善保存在這種地方。

羅倫斯看見已斷了氣的修女輕輕合掌祈禱，也看見了書桌上的紙張。雖然蒙上一層塵埃的紙張也已經劣化，但勉強能夠判別紙上的文字。那內容似乎是針對教條問答的考察內容。

修女生前似乎因為信仰過於虔誠，而受到異樣眼光看待，但或許她是個非常直率的修女也說不定。

就是看見放在書桌角落的乾枯野花，也讓人很容易排除魔女這樣的字眼。

「不過，汝啊……」

「嗯？」

這時，原本再次專注地望著書架的赫蘿一邊指向書架某處，一邊說：

「汝來看一下這裡。」

「我看看。」

羅倫斯朝向書架一看，發現只有赫蘿指的位置出現一本書本寬的空隙。

「可能是被放在其他地方吧？」

「大笨驢。汝仔細看一下塵埃。這裡的塵埃厚度跟其他位置不同。」

不管打掃得再仔細，房間裡一定還是會蒙上灰塵。

羅倫斯仔細一看後，發現雖然沒有其他位置的塵埃多，但空隙前方確實蒙上了薄薄一層塵

埃。
「雖不知道已過了多久時間，但很久以前有人從這裡抽走了一本書。」
「妳想說什麼？」
赫蘿稍微環視屋內一圈後，露出感到可疑的眼神看向羅倫斯說：
「汝也察覺到了唄？有人進出這裡。」
小屋是被稱為魔女之修女的最後棲身處。
村民維諾說過沒有人會接近小屋。
不過，赫蘿既然沒有指出這點，就表示維諾沒有說謊。
這麼一來，就表示是與村落無關的某人會進出小屋。或者是，維諾不知情的某村民。
而且，書架上被抽走的書本究竟是什麼書也讓人在意。
「那個大笨驢應該也從以前就知道這裡才對。汝啊。」
說著，赫蘿停頓下來，並怒目瞪向羅倫斯。
赫蘿的眼神說著：「不要掉以輕心啊。」
「我知道。先不說這個，弗蘭把寇爾拉走時說了什麼？」
「哼。說要去看湖。」
「看湖？」

「別問咱為什麼。咱什麼都不知道。」

赫蘿顯得不悅地說道。或許赫蘿是因為看見不只羅倫斯，連寇爾也任憑弗蘭使喚差遣，而感到生氣。

不過，因為猜中了事實，所以羅倫斯想要確認一些事情。

「要不要我們也去看一下？」

聽到羅倫斯這麼說，赫蘿張圓了嘴露出驚訝表情。

「嗯，汝也愈來愈機靈了嘛。」

赫蘿一邊這麼說，一邊看似開心地抱住羅倫斯的手。

羅倫斯心想難得赫蘿會這樣會錯意，但還來不及掛起笑容，赫蘿便沉默不語地拉著羅倫斯，並打算硬拉羅倫斯走出房間。

「嗚……喂！」

赫蘿完全不聽羅倫斯的勸阻，也完全不在意地爐裡熊熊燃燒的烈火，只是默默地朝向小屋外前進。

直到羅倫斯因為雪地反射的陽光而睜不開眼睛時，赫蘿才停下腳步。

「變得乾巴巴的那東西，汝覺得怎樣？」

想必是因為小屋內有些昏暗，所以即使陽光明明沒那麼強烈，看見光線反射過來卻會讓人感到刺眼。

羅倫斯用手擋住光線，一邊瞇起不停眨眼的眼瞼，一邊看向赫蘿說：

「什麼怎樣……？」

「咱不覺得魔女這樣的字眼能夠放在那東西身上。」

正因為對於教會或信仰具有較少知識，所以赫蘿想必是感受到非常直接的印象。

不過，羅倫斯也因為看見修女書桌上的一朵枯花而留下強烈印象，所以一點也不覺得魔女這個字眼會適合用來形容修女。

「我也是。書桌上不是放了花嗎？」

雖然羅倫斯這麼做了回應，但他不知道赫蘿想表達什麼。

不管是不是魔女，應該都跟赫蘿沒什麼關係啊。

羅倫斯這麼想著時，赫蘿再次用力拉羅倫斯的手，並保持這樣的姿勢說：

「咱遇過好幾次打扮像那樣的雌性人類，而且每個人都非常親切地對待咱。咱甚至認為溫柔這個字眼是為了那些傢伙而存在。」

聽赫蘿這麼一說，羅倫斯想起剛認識赫蘿時，赫蘿好像也說過這樣的話。

看見羅倫斯點點頭後，赫蘿緩緩走了出去。

赫蘿依舊低著頭。

「咱在猜，裡頭那東西應該也屬於同類。」

「嗯。」

這麼應了一聲後，被抓住手的羅倫斯反過來抓住赫蘿的手，以動作詢問「然後呢？」

「就是那個。」

「哪個？」

赫蘿點了點頭說：

「光是帶著野狗進入森林，就被批評一大堆。」

赫蘿抬起了頭，並露出顯得意外堅強的表情。

不過，那堅強的模樣也像是在強忍淚水。

「更別說是帶著狼了，是唄？汝也要小心一些。」

羅倫斯不禁心頭一驚。

赫蘿從這般反應的羅倫斯手中掙脫，然後腳步輕快地獨自走去。

可能是知道附近沒有人，赫蘿的尾巴在長袍底下隱約可見。即使在純白色雪地上，赫蘿的尾巴前端依舊潔白無瑕，一點也不遜色。就是形容尾巴像一條發出精靈光芒的彩帶，也不誇張。

看著赫蘿一邊甩動著如發光彩帶般的尾巴，一邊走在積雪範圍就快延伸到瀑布的積水處旁，羅倫斯不禁覺得那模樣真的有些像是精靈。

「不過，咱覺得好像能夠了解那個變得乾巴巴的傢伙抱著什麼心情。」

赫蘿把雙手交叉在身後，並轉身看向羅倫斯。赫蘿臉上浮現每次開玩笑時會露出的無敵笑容。

群青色的瀑布積水處、布滿青苔的山崖，加上純白雪地。

此處散發出的氛圍，確實足以讓人聯想成是天使前往天庭之路。

「為什麼？」

羅倫斯追上赫蘿並牽起赫蘿後，發現赫蘿的小手像冰塊一樣冷冰冰。

「如果太過忍耐，情緒就會不斷累積，最後做出離奇的事情。」

說出這般話語的同時，赫蘿露出帶有自虐意味的笑臉。

羅倫斯一邊看著彷彿下一秒鐘就會倒塌似的傾斜山崖，一邊說：

「比方說光著身子鑽進旅行商人的馬車？」

「或者是，到南方去尋找友人。」

赫蘿一副難為情模樣笑了笑，看似暖和的白色氣息從其牙縫中溜出。

羅倫斯打算伸出手觸摸赫蘿的臉，但最後改變了念頭。

走進雪山後，赫蘿或許稍微思考過了。

思考過抵達約伊茲後，應該怎麼做的問題。

然後，思考出來的選擇可能會有幾種下場，其中一種就呈現在那間小屋內，以及周遭村落的反應。想到這裡，羅倫斯實在無法抱持與赫蘿打鬧的輕率心情。

羅倫斯與赫蘿手牽著手，在瀑布積水處四周緩緩走著。

雖然兩人的模樣像是漫無目的地走著，但其實路面上一直出現想必是寇爾與弗蘭的腳印，而羅倫斯兩人是追著腳印而走。

如果要說兩人簡直像在試圖尋找有沒有自己的先例，或許有些過於感傷。

不過，腦中浮現這般想法的羅倫斯看向赫蘿後，發現她也抬起頭，把視線從雪地上的腳印移向這方。從赫蘿這般舉動，羅倫斯知道她腦中也浮現了相同想法。

很久以前赫蘿曾經因為擔心會有那樣的下場，而給了一個答案，但羅倫斯卻一腳踹開了這個答案。

什麼都好，只願不要有一天後悔地認為那答案才是正確解答。

羅倫斯一邊這麼思考著，一邊稍微加重力道握住赫蘿的手。

「不過，天使經過這兒的謠言是真的嗎？」

瀑布旁邊有一條爬上湖泊的山路，而弗蘭與寇爾似乎是從那條山路往上爬。

赫蘿與羅倫斯兩人也踏上了上坡路時，赫蘿忽然回頭看向瀑布，並且這麼發問。

「如果有像妳或攸葛先生那樣的存在，被誤認為是天使也不無可能吧。」

「嗯……咱們也實際遇到過鳥的化身。不過，如果是化身，咱應該知道才是啊。」

赫蘿不停用鼻子嗅著味道。

「味道會一直殘留嗎？」

「嗯。算是憑感覺唄。就算過了好幾年，還是會有感覺。這裡沒有那樣的感覺。這片森林沒什麼力量，人類來到這裡可以為所欲為。」

從前赫蘿曾經率領狼群保護森林，所以這般話語由她口中說出來，有一種獨特的說服力。

赫蘿似乎察覺到羅倫斯心中的想法，她顯得刻意地揚起嘴角露出尖牙。

「說不定實際上是雪花正好飄起。汝等人類很膽小，而膽小才會想像出各式各樣的怪物。」

看見赫蘿顯得開心地說道，羅倫斯心想或許赫蘿有過這樣的經驗也說不定。

「妳看過類似的事情啊？」

道路建造在瀑布旁邊的斜坡上，並且呈鋸齒狀地彎來彎去，但路面出乎意料地平坦。

加上寇爾和弗蘭先通行過，所以羅倫斯兩人能夠比較輕鬆地前進。

「說到咱待在麥田裡的那段歲月，當然看過很多類似的事情。再說，也有一些年輕人會在日落後，打算在麥田裡做壞事。光是麥子怪物，就有十多種。」

雖然同情那些打算做壞事的年輕人，但羅倫斯終於知道原來也會因為這種原因，而成為怪談起源。

「不過，咱也看過跟咱等無關的事情。」

赫蘿露出有些懷念的目光說道。

「好比說？」

聽到羅倫斯的詢問後，赫蘿一副難以置信的模樣笑了笑，然後嘆了口氣說：

「咱剛剛想到了一個小毛頭。那小毛頭在山上跌倒而哭個不停，結果把自己的哭聲回音誤以為是怪物的叫聲，嚇得他愈哭愈大聲。呵。」

「喔，原來是這類的故事啊。不過，也是啦。嗯。」

「嗯？」

往右方前進，再往左方前進；只要不停反覆這般動作，就能夠輕鬆爬上陡峭斜坡。羅倫斯不禁覺得思考出這般道路構造的人真是聰明。

兩人已經來到相當高的位置，但還有一半的路程。

「我想起一個大家已經知道起源的有名奇蹟故事。」

「喲？」

路面因為樹根而形成高低差，羅倫斯先爬過樹根，然後伸出手拉赫蘿上來。

「這故事跟北方大遠征有關。只要是旅人，一定會馬上知道是什麼故事。」

羅倫斯準備說故事時，忽然停頓下來。

「這故事跟教會有關，所以別跟寇爾說喔？」

赫蘿先是一臉愕然，跟著露出壞心眼的笑容這麼說：

「幸好汝與咱之間沒有其他不能說的祕密。」

羅倫斯只能露出苦笑，但在赫蘿的催促下，羅倫斯決定繼續說故事。

「故事發生當時，有一支大名鼎鼎的騎士團參加大遠征，騎士團因為輸給異教徒的軍隊而陷入苦戰。那時天空染上一片紅色，夜晚的腳步也慢慢靠近，就在指揮官做出已無法扳回一城的判斷，並準備告訴大家撤退的時候，戰場附近一帶突然蒙上陰影。大家心想怎麼回事而抬起頭的瞬間，據說現場所有人都看見了。他們看見一面純白色的巨大教會徽幟占據一大片天空飄揚著。」

羅倫斯看向天空後，赫蘿也跟著看向天空。

赫蘿發出「嗯」的一聲拉回視線後，像在自言自語似的這麼說：

「應該是鳥唄？」

不愧是赫蘿。

羅倫斯點了點頭，然後接續說：

「沒錯。那是一群候鳥。不過，奇蹟都出現了，當然不能打敗仗。騎士團因此精神大振，竟然在日落前的短短時間內讓戰況整個逆轉過來，並且打贏了那場仗。在那之後，在那個地區建立的國家，便以畫出當時模樣的旗子做為國旗，也就是紅底配上白色教會徽幟的旗子。奇蹟就這樣不斷被創造出來。真是可喜可賀、可喜可賀。」

所以，天使傳說只是某種現象的可能性並不低。

弗蘭之所以帶著寇爾去，應該也是因為有這般認知。

「嗯。不過吶，如果是這樣，當初是怎麼叫出天使呢？」

只要繞過最後一個轉角向前走，就是上坡路頂端。

羅倫斯往下方一看，發現瀑布積水處顯得異樣地小。

「應該是美麗的湖面唄。」

赫蘿語調開朗地這麼說，完全沒有喘不過氣的感覺。

湖泊宛如一面以高山為鏡框的鏡子，湖面映出像是就快下起雪來的雲朵顏色。

不同於下方的河岸，湖畔上可看見無數小石子散落一地。泛黑的小石子與薄薄一層白色積雪形成了明顯對比。

一方面因為沒有長出太多蘆葦類植物，所以能夠遠望四周景色，想繞著湖泊走上一圈似乎不難。從這裡出船應該很方便，想必也很容易抓到魚。

「真希望夏天來到這種地方吶。」

羅倫斯能夠理解赫蘿這麼說的心情。

「妳會游泳啊？」

「嗯。在水裡身體會變輕，很舒服。」

羅倫斯腦中浮現連人類都能夠一口吞下的巨狼，像隻小狗一樣欣喜若狂地跳進湖裡的畫面，不禁笑了出來。

「不過，妳那巨大身軀如果跳進湖裡，湖水應該會滿出來吧。」

事實上，瀑布也是因為湖水滿出來而往下流。

羅倫斯因為這樣才會隨口這麼說，沒想到赫蘿露出認真表情陷入沉思。

「話雖這麼說，但如果咱以現在這身軀跳進湖裡，汝看了後，應該會換成汝滿出來唄？」

羅倫斯當然不會問「什麼東西滿出來？」因為他知道這麼做只會是自找麻煩。

他沒有理會赫蘿，而是用力吸了口氣，再吐出氣來。

對每天過著匆忙生活的旅行商人來說，在安靜湖畔上散步是再奢侈不過的行為。

「寇爾他們走得很遠。」

從一直延續下去的腳印看起來，似乎一路延續繞到朦朧對岸去。

對岸在高度更高的高山山腳下，其上方完全被雲層覆蓋。

「嗯。」

赫蘿忽然這麼嘀咕，然後朝向走來的瀑布方向看去。

「怎麼了？」

「嗯，那瀑布說不定是最近才形成。」

「咦？」

聽到羅倫斯的詢問，赫蘿東張西望地環視四周後，再次點了點頭說：

「對汝等而言，或許不算是最近唄。不過，汝看那邊。汝不覺得那邊像是山崖倒了下來嗎？」

說著，赫蘿指向羅倫斯兩人一路爬上來、就在瀑布旁邊的山腳。

被赫蘿這麼一說而看向該處後，羅倫斯發現確實很像山崖倒塌後的模樣。

「從那裡倒下來的落石還是其他什麼東西，堆積在本來有瀑布的位置上。因為湖泊本來就是被高山圍繞，然後形成像這樣的圓形碗狀。」

赫蘿巧妙地用手比出圓形碗狀。

她曾經在山上生活了好幾百年，想必很了解這方面的事情。

「那麼，河川水量會減少也是因為……」

「有可能。邊緣缺了口的甕無法再盛裝更多水。因為水面如果上升，漏水的地方也會增加。」

聽到赫蘿這麼說明後，羅倫斯發現位於瀑布最上方、讓瀑布一分為二的突起尖石看起來，很像後來才刺進該位置的樣子。

該不會是村民把山崖崩塌的瞬間，誤以為天使飛起呢？

羅倫斯這麼想著，但立刻察覺到村民應該不會錯得這麼離譜。天使的羽毛和堅硬岩石相差十萬八千里，應該不可能看花了眼才是。

「會不會是天使為了飛向天空，拿來當成踏板呢？」

聽到羅倫斯有些裝模作樣地這麼說，赫蘿在身旁一副厭煩模樣往後縮起身子。

然後她用力嘆了口氣這麼說：

「汝真的很愛作夢。」

羅倫斯一邊準備晚餐，一邊等待時，弗蘭與寇爾總算回到了小屋。羅倫斯一看，發現兩人弄得全身溼答答，彷彿在外頭上打滾玩耍回來似的。

兩人只有穿了厚重衣服的上半身還帶有熱度，手腳都像冰棒一樣冷冰冰。

因為要讓冰冷的身體暖和起來，利用人類體溫是最具效果的方法，所以赫蘿一副心不甘情不願的模樣握住弗蘭的手，並與弗蘭腳碰著腳。羅倫斯則是讓寇爾的手伸進他的衣服內，並用雙手幫寇爾的雙腳取暖。

「那麼，有找到什麼嗎？」

纏上好幾層皮革的鞋子吸了滿滿的水，變得像鉛塊一樣笨重。

看得出來兩人去到積雪相當深的地方，而弗蘭會做到這般地步，應該有什麼根據才是。羅倫斯因為這麼想著而發問，卻看見弗蘭搖了搖頭。

或許是因為疲累，弗蘭看起來有些悲傷的樣子。

「總之，等你們暖和一點後，我們就來吃飯吧。」

聽到羅倫斯的發言，寇爾點了點頭。羅倫斯仔細一看，發現眼前的寇爾不是在回應他，而是打著瞌睡。或許是突然來到暖和的地方，使得寇爾發睏。

羅倫斯為寇爾脫下溼答答的外套，再用乾棉被裹起，最後抱在腋下。因為寇爾比赫蘿小了一圈，所以整個身子完全陷入羅倫斯懷裡。雖然寇爾身上有些塵埃臭味，但或許是因為總是與赫蘿膩在一起，所以隱約散發出與赫蘿相同的味道。

不久後弗蘭似乎已覺得暖和起來，她向赫蘿簡短道謝後，隨即縮回了手腳。

「您擁有非常優秀的旅伴。」

羅倫斯把鍋中料理盛入碗裡，並遞給弗蘭時，她這麼說道。

察覺到弗蘭指的旅伴是寇爾後，羅倫斯展露笑顏回答：

「我們也得到不少幫助。不過，體力似乎有些不足的樣子。」

雖然身材瘦小的寇爾一副弱不禁風的樣子，但他穿著輕薄衣服也能夠輕鬆熬過寒冬之旅，體力說不定與羅倫斯同等，甚至高過羅倫斯。擁有這般好體力的寇爾竟然走路走到如此疲憊不堪，說起來應該是弗蘭的體力異於常人。

「不會……」

說罷，弗蘭喝起熱湯。就算在用餐時，她還是保持一定程度的沉著態度。在寒冷戶外到處走動回來後，遇到讓人鬆口氣的休息片刻時，任何人都會變得鬆懈。弗蘭絕不會失去戒心的態度，會讓人聯想到森林裡的動物。

「對了，關於天使傳說，我們也稍微思考了一下。」

羅倫斯一邊在赫蘿碗裡盛入大量肉塊，一邊說道。弗蘭聽了，忽然停下了手。

「好比說，托爾希爾頓共和國的國旗傳說應該可以拿來參考吧？」

弗蘭直直注視著羅倫斯。

她的反應出乎意料地大。

「……妳對這方面的傳說是否了解？」

「多少有些了解。」

然而，弗蘭看似上了鉤而發出充滿興趣的目光，迅速消失在眼底。她沒有多說話，並且一副彷彿進行著恢復冷靜儀式般的模樣，小口喝起碗裡的湯。她先用木湯匙壓碎碗裡的食物喝下肚，然後舀起最後一小塊食物送進嘴裡。

這一連串的用餐動作就像進行作業般順暢，而實際上的用餐速度也相當快。

身分愈高，花費在用餐上的時間就會愈多，身分愈低則相反。只要看身分與小偷或乞丐沒什麼不同的流浪學生寇爾，就能夠充分體會這句話的意思。

照攸葛所說，弗蘭說過自己曾是奴隸。

羅倫斯心想或許真有此事。

「我也覺得可能是隨風飛起的雪花還是其他什麼東西。」

弗蘭說出村民維諾說過的話。

如果以無趣的常識來思考，果然還是這樣的猜測感覺最為妥當。

「或許出乎意料地，真的有天使也說不定。」

羅倫斯說出明顯易懂的玩笑話後，沒想到弗蘭直率地笑了。

「是啊，當然了，那是最好不過了。只不過……」

「我聽說妳實際確認過很多傳說。」

羅倫斯這麼延續話題後，弗蘭收起臉上的笑容，閉上眼睛，並緩緩吸氣。雖然那模樣看起來像在壓抑憤怒情緒，羅倫斯卻覺得相反。

羅倫斯覺得她應該是在壓抑不讓自己笑出來。

弗蘭吸完氣後，這回一鼓作氣地吐出氣來。

如羅倫斯所預料，她的臉上浮現柔和表情。

「沒錯。多數傳說都是假的，剩下的少數傳說則是人們自己會錯意或太多心。儘管如此，還是有剩下更少數的例外存在。就是那種怎麼想都覺得那地方好像有不尋常的某種東西存在。」

「這次的傳說屬於哪一方呢？」

聽到羅倫斯的詢問後，弗蘭搖了搖頭。

她的反應像是說出答案，也像是在表示不知道。

不過，弗蘭把視線移向不知何方後，唐突地這麼說：

「其實原本是一個親近友人告訴我天使傳說的存在。」

羅倫斯不禁感到驚訝。因為他完全沒有預料到她會願意說出這種事情。

弗蘭似乎也明白自己做出會讓人驚訝的舉動。

她瞥了羅倫斯一眼後，顯得有些難為情地只在嘴角浮現靦腆表情。

「不過，那位友人先說了一句『不確定在哪裡看到的』就是了。那位友人說的內容跟在這裡流傳的傳說幾乎相同。」

回首過去時的眼神總是顯得感傷。

如果是在地爐的爐火籠罩下回首過去，感傷氣氛更是濃厚。

「雖然那位友人說什麼事情都很誇張，但沒有說謊過。所以，我找了這傳說好幾年時間。」

「最後終於找到了？」

弗蘭點了點頭，並稍微放鬆雙腳姿勢。

那舉動看起來像是願意稍微卸下心防的感覺，於是羅倫斯試著邀她喝酒。聊起往事時，如果沒有酒作伴就太不公平了。

弗蘭沒有猶豫太久，便接過羅倫斯遞出的酒。

「我並不認為這裡的傳說是荒唐無稽之談。我認為天使確實存在，而且能夠看見其身影。那邊的……」

說著，弗蘭看向生皮垂簾的另一端，然後接續說：

「那位修女想必也是因為如此深信不疑，才會來到這裡。」

修女因為信仰心過強，而被城鎮和村落的居民稱為魔女。

的確，像修女那般熱誠的正教徒，就算脫離常軌，也不可能被可疑的傳說所騙。因為傳說或謠言的數量如天上星星般數也數不清。

在這之中，只有具有某種魅力或原因、真正特別的傳說或謠言，才會留在人們的記憶裡，並且牢牢扣住人心。

「我認為我那位友人也確實看見了。看見能夠以奇蹟來形容的某存在……」

弗蘭微微垂著眼簾，在爐火照亮下形成陰影，但她臉上的微笑之所以顯得悲傷，應該不是因為受到這般氣氛感染。

「不過，想起來真是好笑。那位友人明明看見了奇蹟，卻不記得地點在哪。」

弗蘭露出感到難以置信的笑臉。
見到這般笑臉，只要是男人，心中都會升起一絲絲的忌妒。
弗蘭會不會是喜歡話裡提到的人物呢？
羅倫斯這麼一想，不禁覺得弗蘭以「友人」來形容對方，似乎有一種在掩飾難為情的感覺。
不過，這麼一來，就覺得弗蘭追查天使傳說的理由，並非純粹出於銀飾品工藝師的狂熱信念。正因為弗蘭心裡藏著其他理由，才會特地來到這種地方。
重點是，她的微笑籠罩著陰霾。
「真是糟糕。」
說罷，弗蘭放下盛了酒的碗。
看見弗蘭幾乎沒喝到幾滴酒，羅倫斯心想或許她的酒量很差。不然也可能是擔心自己以喝了酒當藉口，而不小心說出真心話。
沉默降臨。
有個問題羅倫斯說什麼也想知道答案。
「為什麼要告訴我這事情呢？」
弗蘭回答得很快。
「為了道歉。」

「道歉？」

「是的。」

羅倫斯反問時，傳來「哼」的一聲。

他一看，發現是赫蘿露出懷疑目光凝視著弗蘭。

「為了在商行發生過的事情。」

羅倫斯不記得發生過什麼弗蘭必須道歉的事情。

難道弗蘭是指她拒絕得太乾脆，讓羅倫斯啞口無言嗎？

如果是指這件事情，好像也沒必要道歉啊。

想不通的羅倫斯像個呆子一樣顯得困惑，弗蘭則是探出頭看向放在地板上的酒杯，然後一邊落下視線望著映在酒杯中的臉，一邊說：

「我應該拒絕得婉轉一些。那時我以為您是個自私自利的商人。」

「不，這……」

「我以為您想要北方地區的地圖鐵定是為了賺錢。」

弗蘭抬起頭，然後一副過意不去的模樣笑了笑。

羅倫斯確實是為了赫蘿而想請弗蘭繪製北方地區的地圖，他昨晚也告訴了弗蘭這個事實。

可是，為什麼這樣弗蘭就要道歉呢？

她不是針對拒絕的事實，而是針對拒絕方式在道歉。

這似乎有些奇怪。

羅倫斯依舊表現出一副困惑模樣時，赫蘿插嘴說：

「現在是怎麼著，竟然會道歉？」

雖然赫蘿的語氣仍然有些粗魯，但帶著愉快氣氛。

這麼想著的羅倫斯一看，發現赫蘿臉上浮現淡淡微笑，說出她心情轉好了一些。

聽到赫蘿的話語後，弗蘭顯得刻意地縮起身子，並緊閉雙唇看著赫蘿。

這一小段沉默時間，兩個女生的模樣看起來像是只靠著視線在交談。

「來到這裡後，突然發現很需要咱們的協助，是這樣嗎？」

弗蘭緩緩點了點頭。

雖然不是很明白兩人在交談什麼，但聽到「協助」這個熟悉的字眼後，羅倫斯總算掌握到交談主題。

不過，羅倫斯還來不及插嘴，赫蘿已搶先一步這麼說：

「哎，無妨。」

聽到赫蘿這麼隨隨便便就答應，羅倫斯不禁想起自己在攸葛商行犯下的失敗。他忍不住準備開口說話時，赫蘿拍了拍他的肩膀說：

「畢竟咱們也是站在有求於人的立場，現在不是能夠一直意氣用事的時候。」

赫蘿一副受不了羅倫斯的模樣展露笑臉，這代表著赫蘿的心情異樣地好。

弗蘭也在地爐另一端微笑著。

雖不明白怎麼回事，但羅倫斯心想現在還是配合兩人比較好。

看見羅倫斯點了點頭後，弗蘭嘀咕了句：「那麼──」羅倫斯看見她的黑色瞳孔裡發出充滿知性的光芒。

「到了堂斯格村後，您沒發現什麼不對勁的地方嗎？」

「……妳是說以商人的角度？」

「是的。」

羅倫斯點了點頭，然後回答說：

「我看見了……手動石臼。這裡明明有高低差這麼大的瀑布。」

弗蘭直直注視著羅倫斯。

羅倫斯似乎說出了正確答案。

於是，他接續說：

「到了春天融雪後，應該會帶來豐富水量，而且堂斯格村距離城鎮也不是那麼遠。既然這樣，這地區的領主之所以沒有在這裡設置水車，如果不是因為領主慈悲村民，就是因為……」

「村民在反抗領主，對吧？然後，原因應該是後者。」

弗蘭一邊說話，一邊伸手從行李拿出一本老舊書本。

不過，與其說書本，弗蘭拿出來的更像把信件或羊皮紙整理在一起的紙堆，而且紙角顯得參差不齊。一眼就能夠看出那紙堆因為經年累月而風化。

拿起紙堆一翻，立刻傳來老舊紙張容易破裂的獨特聲音。

「據說堂斯格村本來是拿天使傳說當藉口，拒絕設置水車。」

然後，弗蘭唐突地說道。

「原因是……」

「如果要設置水車，村民就會被召去當勞工，村民將被迫製作綁住自己脖子的道具。而且，聽說當時正是北方大遠征的全盛時期，基於想要向教會借助勢力的立場，領主因此放棄利用水車賺取利益，而選擇了討好教會。」

領主沒有足夠的資金和軍力自己守護領地是常有的事情。

弗蘭接續說：

「隨著時代變遷，異教徒的勢力逐漸變大。您知道北方大遠征被迫中止的事情嗎？」

羅倫斯點了點頭，然後以「也就是說」做為開場白，延續話題。

「如今教會勢力逐漸變弱，這回變成領地上如果有教會勢力存在，會帶來壞處。」

「是的。據說領主以前藉由提供物資給北方大遠征，向教會索討好處。但是……後來領主毫不知羞恥地——或許應該說連神明也不畏懼吧——不講情理地與教會翻臉。如您所猜想，這附近到處都有異教徒領主，如果討好勢力不斷衰退的教會，想必會是很危險的行為。可能是過去太過順遂，才會產生這樣的反動力吧。」

俗話說，雞蛋碰不過石頭。

領主為了存活下去，而做出這般行為絕非錯誤的想法。

然而，有時候這般行為只會讓人覺得沒有節操，且顯得卑鄙。

「然後經過一番苦思熟慮，領主想出了一個辦法。就是把某天來到這裡追查天使傳說的虔誠修女，說成是魔女。」

現場只有羅倫斯倒抽了口氣。

赫蘿臉上的表情動也沒動一下。

那模樣彷彿在說她對於人類的自私，早有深刻體會似的。

「只要堅稱因為魔女來到村落而十分困擾，就不需要與教會矛盾相向，同時也能夠顧及到異教徒的面子。對村民來說，應該也算是一場及時雨才對。因為村民絕對不願意設置水車，而森林裡有魔女的謠言會是不讓人進入森林的最佳理由。萬一必須設置水車，還要繳稅的話，村民的生活會過得愈來愈苦。」

從維諾把鹽巴看得那麼貴重的舉動，也能夠看出村民生活困苦。

不過，羅倫斯當然還有不明白的地方。

「……弗蘭小姐，妳究竟在哪裡知道這些事情？」

聽到羅倫斯的詢問後，弗蘭一副沒什麼大不了的模樣，輕輕舉高手中的紙堆。

弗蘭翻開的頁面上，可看見筆鋒顯得男性化的字跡寫滿整張頁面。

「這是在後方長眠的修女卡特琳娜・魯奇留下的日記。這裡面寫了所有事情。」

書架上被抽走了一本書。

那本書應該就是這本日記。

「應該是某個村民為罪惡感所苦，才會拿走這本日記，想要讓世人知道真相。這本日記會來到我手上，真的是偶然。有個專門處理這類讀物的朋友，恰巧告訴我這本日記的存在。」

弗蘭不停翻閱著書頁，並讓視線落在書頁上。她並非在閱讀文字，而是在猜測被稱為魔女的修女想法。

「但是，如果真相真是如此……妳為什麼要把真相告訴我們？不對，妳原本是……」

說著，羅倫斯停頓了下來。

既然弗蘭對於村落和領主有如此深入的了解，帶著羅倫斯等人前來的理由，就不可能只是單純為了收集天使傳說的內容。

羅倫斯抬高視線看向弗蘭。

他心想，這個女人一開始就打算設計我們。

羅倫斯不禁覺得弗蘭看似愉快地稍微揚起了眼角。

「教會過不了多久就會在金鐘的慫恿下前來。」

嘆息的聲音在羅倫斯心中響起。

強大的力量就像池裡的大魚一樣。

大魚一動，池水就會隨之晃動，泥土也會揚起。

然後，這個世界就是一座巨大水池。

「德堡商行嗎？」

弗蘭顯得有些驚訝地張大眼睛，然後點了點頭，並同時接續說：

「原來您知道啊……如您所知，如果教會前來，這回會變成領地裡不能有魔女存在。這麼一來，這裡會是非常危險的地方。」

弗蘭說的確實沒錯。

來到如此受到議論的地方想要追查天使傳說，就算弗蘭不是個性固執又難應付的人，也很難獨自應付村民。

弗蘭看著羅倫斯這麼說：

「村民和領主應該都很戰戰兢兢才對。他們擔心著企圖再次攻打北方的教會，可能會前來確認魔女謠言好替自己開道。」

「也就是說，我們只要以消除他們的恐懼為目標來行動就好，是嗎？」

或許是覺得羅倫斯的說法有趣，弗蘭靜靜地微笑著。

然而，弗蘭臉上保持著的微笑，與她接著說出的話語一點也不搭調。

「我們繞了湖畔一圈回到這裡的途中，發現有人在監視我們。」

這正是弗蘭主動讓步的原因。

面對如此易懂的原因，羅倫斯忍不住想要嘆息。

不過，羅倫斯強忍住嘆息。因為他知道一個理所當然的道理，那就是天下沒有白吃的午餐。

「當然了，我不會要求三位接下來的日子要一直陪著我。只要到白雪都融化消失的季節就可以了。因為照我的想像來說，天使傳說應該只會在寒冷時期發生。」

「這樣妳就願意幫我們繪製北方地區的地圖？」

弗蘭點了點頭說：

「您願意提供協助嗎？」

既然沒打算立刻打包行李逃走，羅倫斯當然沒有選擇的餘地。

不過，現在弗蘭主動揭曉答案，並處於懇求這方的立場。

她引導話題的手法相當高明。

高明程度甚至不輸給軍師。

這方想得到北方地區的地圖，也必須顧慮到攸葛。如今已了解所有狀況，當然不可能丟下弗蘭一人離去。

雖然在時間上要等到融雪季節讓人感到為難，但狀況如果穩定到某種程度後，或許還有交涉的可能性。既然赫蘿也沒有表示任何意見，不用說也知道該怎麼回答。

「當然。」

羅倫斯簡短地答道。

第四幕

隔日，弗蘭再次與寇爾結伴前往湖泊。

既然有人在監視，離開小屋在外面走動可能會有危險；對於羅倫斯提出的這般疑問，弗蘭一副理所當然的模樣說：「在小屋裡面也一樣。」

她還表示如果這方主張不是來確認魔女，而是來追查天使傳說，反而會比較好。

就理論上而言，或許是如此沒錯，但還是會有危險吧；羅倫斯準備這麼反駁時，意外被赫蘿阻止了。

不僅如此，看見弗蘭打算獨自外出，赫蘿甚至主動要寇爾跟著去。

寇爾似乎也認為不應該讓弗蘭獨自外出，所以當然爽快答應了，而赫蘿願意這麼做，同樣讓羅倫斯感到意外。

赫蘿原本對弗蘭的一舉一動都感到煩躁，現在卻是這般友善態度。

昨晚的對話真有那麼大的影響力嗎？

但是，嚴格說起來，透過昨晚的對話而得知的事實是，弗蘭打從一開始就心懷鬼胎，才會把羅倫斯三人帶來這裡。得知這般事實後，對於她的印象應該會變差，沒理由變好才對。

目送弗蘭與寇爾外出後，羅倫斯一回到小屋內，便看見赫蘿慢吞吞地掏出尾巴梳理起毛髮。

羅倫斯一邊望著赫蘿梳理尾巴的模樣，一邊試探說：

「弗蘭昨晚應該一直在思考傳說的事情吧。」

赫蘿用手梳理過整體毛髮後，跟著把那些印入眼簾的沒禮貌小東西，一隻接著一隻地丟進爐火裡。聽到羅倫斯的話語後，赫蘿只稍微把耳朵轉向這方。

「唔？」

「她不是一直說明給寇爾聽嗎？還要寇爾不要漏看傳說的任何一小部分。」

「……喔，嗯。」

弗蘭似乎也推測天使傳說是某種自然現象，並且舉出各種例子，包括了因為樹枝上的積雪隨風飛起，或是因為某處有溫泉脈，裡頭的溫泉因某種原因而流入湖泊，以至於把水蒸氣看成了天使的羽毛。

的確，想要讓天使展翅飛起的現象發生，必須有某物體從高處掉落或飛起。如果是有某物體從高處掉落，具有高低差的瀑布會是可能發生的地點之一。如果是從高處飛起，想像是水蒸氣、霧氣或雪花隨風飛起應無不妥。

受命一起行動的寇爾忠實地聆聽每一種可能性，並且一副彷彿在說「我不會漏看任何一小部分」似的模樣點點頭，然後跟著弗蘭出去。

「的確，那丫頭那麼認真地在追查傳說，如果村民或領主前來挑毛病，想必根本沒有時間應付唄。」

要是在平常，赫蘿應該會說「膽子不小，竟敢要咱做一些雜務」之類的氣話，但現在完全感覺不到憤怒情緒。

別說是氣話了，赫蘿甚至顯得開心地這麼說。

「不過，頑強固執的銀飾品工藝師要是聽了，應該會覺得難以置信唄。」

「……會嗎？」

雖然弗蘭給人的印象，與根據事前聽來的形容而猜想的印象截然不同，但她朝向目標前進的認真態度確實如工匠典範。重點是，弗蘭整個晚上想必只想著傳說，等到天一亮，便不顧人身安全地外出。

羅倫斯這麼想著而反問後，原本不停咬著毛髮根部的赫蘿，從蓬鬆的尾巴挪開嘴巴，並露出不懷好意的笑容說：

「那丫頭純粹是在追隨喜歡的人的腳步唄？既然這樣，就不叫做頑強，也不叫做固執唄？」

赫蘿說的「喜歡的人」，應該是指弗蘭昨晚說告訴她天使傳說的那個人。雖不知道弗蘭與那個人是戀人，還是她單方面喜歡對方，但赫蘿似乎與羅倫斯抱著相同想法。

而且，像赫蘿這樣以簡單易懂的形容說出來後，確實讓人覺得不應該把「頑強固執的銀飾品工藝師」的稱呼冠在弗蘭頭上。

像弗蘭這種年輕女孩陷入這般狀況，世上一般會用「專情」來形容。

「那丫頭也有可愛之處吶。」

「也是。」

弗蘭昨晚說話的樣子看起來不像在說謊。

這麼一想，羅倫斯不禁覺得弗蘭像是為了前赴戰場的情人著想，而親自展開巡禮以替情人祈求平安的少女。

然而，他還是搞不懂是怎麼回事。

羅倫斯不明白為什麼這般內心告白，會變成是為了在商行瞧不起他而表示歉意的行為。不僅如此，弗蘭明明打從一開始就打算陷害羅倫斯三人，並企圖利用三人，赫蘿卻沒有因此而發脾氣。

羅倫斯一邊假裝在調整地爐裡的爐火，一邊拚命動腦思考。

就在這時，赫蘿開口說：

「而且，沒想到那丫頭還拿這種話題來當作道歉話語。汝不覺得這樣的作風很有格調嗎？」

這時火花大量飛起，但只是偶然。

不過，從旁看來想必會覺得是羅倫斯太慌張而引起，而事實上，他確實感到慌張。

羅倫斯把視線從地爐移向赫蘿一看，發現赫蘿開心地笑著。

赫蘿雖然笑著，但顯得不自然的笑容一直掛在臉上。

「汝當然知道是怎樣的有格調法唄？」

羅倫斯知道如果覺得自己掩飾得很好，那就太厚臉皮了。

赫蘿握在手中的尾巴前端不停甩動著。

羅倫斯告訴自己如果要坦白，還是趁早比較好。

「……抱歉，我不知道。」

「大笨驢！」

赫蘿氣勢洶洶地說道，都快吹起地爐裡的所有灰燼。

一直掛在臉上的不自然笑容也在瞬間被吹走，露出憤怒的表情。

「有、有必要這麼生氣嗎……」

「大笨驢！那這樣，汝也不知道咱對那丫頭為何會那麼不耐煩是嗎!?」

倘若赫蘿是以狼模樣如此聲嘶力竭地大吼，肯定會讓整間小屋從內側開始倒塌。羅倫斯忍不住不合時宜地這麼想，可見赫蘿的怒吼聲有多麼驚人，她的尾巴也膨大到不能再膨大。

「……嗯。」

凡事都一樣，物極必反。

赫蘿因為太過憤怒而不停顫抖雙唇，但不久後無力地垂下頭。

看見赫蘿如此憤怒的模樣，羅倫斯甚至懷疑起赫蘿是不是有哪根血管爆裂了。
羅倫斯急忙想要搭腔時，看見赫蘿從瀏海後方投來感到懷疑的眼神，於是閉上了嘴巴。
「哎……汝本來就是這樣的傢伙……」
赫蘿一副感到疲憊的模樣嘆了口氣，並且閉上眼睛。等到她再次張開眼睛時，眼裡的怒氣已經完全散去。
因為怒氣消散得太徹底，當赫蘿再次看向羅倫斯時，那眼神甚至像在同情羅倫斯的感覺。
「只有咱一人一直暴躁不停。只有那丫頭一人因為自己做得太過火，而煩惱不停。汝不是度量大，而是像死人一樣遲鈍。」
被人批評成這樣，就算搞不懂怎麼回事，也會生氣。
不過，羅倫斯還來不及反駁，赫蘿先投來話語說：
「汝不是顏面盡失嗎？」
羅倫斯想起在商行發生的事情。
儘管如此，還是搞不懂怎麼回事的羅倫斯，露出寇爾也沒表現得如此無知過的求救眼神看向赫蘿。
賢狼赫蘿露出尖牙，並在臉上浮現極度不悅表情後，別過臉這麼說：
「在別人面前就算了，竟然在咱面前。」

「……啊。」

在這瞬間，羅倫斯想通了一切。

「為什麼明明丟臉的人是汝，卻只有周遭的人慌張個不停。蠢極了……」

赫蘿一副受到強烈無力感襲擊的模樣，感覺就快當場躺了下來。

相較之下，羅倫斯反而是就快站了起來。

然而，他就像聽到「坐下」命令的小狗一樣，被赫蘿的目光釘在原地。

「事到如今汝如果還說出口，別怪咱生氣。」

聽到赫蘿迅速叮嚀說道，準備開口說話的羅倫斯閉上了嘴巴。

儘管如此，他腦中還是不斷浮現話語，雙手也不受控制地不停拍打。

對於羅倫斯在商行被弗蘭逼得啞口無言的事實，赫蘿確實感到憤怒。

然而，赫蘿的憤怒並非針對羅倫斯的失敗表現，而是羅倫斯被迫在她面前丟臉的事實。

這麼一想，也能夠看清赫蘿為何會勇於接受弗蘭提出的曖昧條件。赫蘿接受條件並非因為看見弗蘭的聰明表現而覺得有趣，而是打算與她大吵一架。

正因為如此，看見羅倫斯在堂斯格村做出機靈反應，並且從維諾口中問出傳說內容，還在維諾的帶路下順利來到這間小屋，弗蘭卻沒有半點表示，赫蘿才會抱怨。不僅針對弗蘭，羅倫斯沒反應的遲鈍表現也讓赫蘿感到氣憤。

羅倫斯彷彿聽見了赫蘿在說：「汝被人瞧不起卻沒有反擊，不會不甘心嗎？汝在咱面前丟臉，不會不甘心嗎？」

還有，昨晚的互動。

羅倫斯回想著弗蘭所說的每句話，並在腦中重現赫蘿對每句話的反應。

下一秒鐘，羅倫斯垂下頭，並且一副忍耐頭痛的模樣用手按住額頭。他會有這般反應，是因為受不了自己的愚蠢。

弗蘭似乎是為了心愛的人在追查天使傳說。

正因為如此，面對為了心愛的人在追查北方地區地圖的羅倫斯，弗蘭才會以告白這件事情來表示歉意。

原來如此，難怪赫蘿的心情會轉好。

這麼想著的同時，再看見眼前的赫蘿模樣，也讓羅倫斯能夠想通一切。

「……抱歉。」

所有人都知道是怎麼回事，就只有想法樂觀的羅倫斯本人沒察覺到。

赫蘿的態度會因為氣過頭而轉為難以置信，也是理所當然的事情。

「……汝實在是讓人受不了，一件接著一件做出蠢事。」

雖然羅倫斯找不到反駁的話語，但赫蘿也沒有繼續生氣下去。

事實上，赫蘿應該是覺得愚蠢至極，連生氣都懶得生氣了。

她嘆了口氣，並緩緩看向自己的尾巴後，甚至說出這般話語：

「比起隨隨便便梳理毛髮有效果了。」

方才赫蘿的尾巴因為憤怒而膨大，所以比平常顯得更蓬鬆。

羅倫斯知道這時如果笑出來，肯定會被赫蘿咬斷脖子，所以乖乖地聆聽赫蘿說話。

「不過，世上往往都會發生這樣的事情唄。」

赫蘿忽然弓起背這麼說。

羅倫斯當然沒有少根筋到認為赫蘿又要重複相同話題，但依舊遲鈍得掌握不到話題方向。

「……我不知道妳想說什麼耶？」

聽到羅倫斯的詢問後，赫蘿看向他，並帶著自嘲意味地笑了笑說：

「沒什麼，咱只是在想那些崇拜神明的傢伙，也做了同樣的事情。」

「咦？」

羅倫斯之所以停頓了一下，是因為赫蘿說出他完全沒有預料到的話題。

「從前也經常發生這樣的事情。咱明明一點也不在意，村長那些人卻會對搞錯祭典順序的小伙子又打又罵，說他們做出對咱不敬的事情，根本沒理會咱怎麼想。當時咱只是難以置信地在遠處望著……沒想到咱自己也做出了同樣的事情……」

羅倫斯知道無論是村長，還是赫蘿，都是因為珍惜自己的對象才會做出那樣的行為。

只是，他不知道在這樣的情況下，該怎麼回答才好。

應該道歉呢？還是道謝呢？

不管是道歉還是道謝，都太少根筋了。

看見羅倫斯沉默不語，赫蘿發出清脆笑聲，並站起身子。

「哎，如果是因為顧慮到對方而善意地做出這種事情，還算好唄。只要本人說一聲『沒必要這麼做』就好了。」

赫蘿說話時露出像是壞心眼的笑臉，也像是在責怪羅倫斯的笑臉。

羅倫斯不小心讓赫蘿做出這般愚蠢行為，所以就算遭到這般笑臉對待，也是罪有應得。

「問題是……」

然後，赫蘿朝向生皮垂簾後方的方向頂出下巴這麼說：

「現在是對不會說話的死人做出這種事情。」

人們會無法原諒冒犯死者的行為，或許就跟聽到無辜民眾遭受虐待時，會感到憤慨的反應很相似。

追查狼骨傳說時，赫蘿曾經這麼說。

她說，就算牠們族群再強悍，化為白骨後也不可能撲向對方咬人。

更何況卡特琳娜修女在世時，還甘心忍受被冠上魔女的稱號。
這是因為卡特琳娜修女脫離常軌嗎？
羅倫斯不認為是這樣，而他相信赫蘿也這麼認為。
卡特琳娜修女一定是個體貼善良的人。
所以才會甘心忍受。
「所以，咱也有理由不得不聽那丫頭說的話。」
赫蘿在帕斯羅村遭到村民們遺忘，變成如死人般無法說話的存在，結果沒能夠雪恥。
最後像逃跑似的跑出帕斯羅村。
卡特琳娜還有洗刷污名的機會。
不過，思考到這裡，羅倫斯察覺到一個像在繞圓圈的邏輯。
他看向赫蘿後，發現賢狼老早就發現了。
「以死人為對象說這個又說那個，咱們這樣也跟村裡那些傢伙沒兩樣。說不定變得乾巴巴的那東西其實根本不在意稱呼。不過吶，咱之所以會想幫忙，或許就跟不知某人會打掃這間小屋一樣唄。」
「不過，對必須活下去的人來說，想必是必要的吧。」
就是以活人為對象，本來也無法直接看出其真心，而且絕對不可能有真的百分之百是為了對方而做的事情。
只要追究下去，一定會得到其實是為了自己的結論。
既然這樣，剩下必須思考的頂多是能否安穩過日子的問題罷了。
「想要一直照著本意活下去，或許確實是一件很困難的事情唄。那些村民還是什麼領主的也頗教人同情，而且……」
說著，赫蘿把尾巴收進長袍底下，並戴上兜帽遮住耳朵。
「看見那丫頭為了心愛的人而不顧一切往前衝，汝也會想幫她忙唄？」
雖然赫蘿露出壞心眼的笑容說道，但也大致說中了羅倫斯的想法。
而且，如果厚葬死者代表著希望自己死後也能夠受到相同對待，赫蘿願意協助弗蘭肯定有讓人忍不住笑出來的動機在背後支撐著。
赫蘿與羅倫斯夾著爐火互笑。
羅倫斯心想，這時如果說放了太多木柴進地爐，或許會看見赫蘿大笑出來吧。

中午剛過不久，弗蘭與寇爾回到了小屋。
羅倫斯以為兩人是回來用餐，但似乎不是這麼回事。

弗蘭一走進小屋，立刻走近羅倫斯這麼說：

「您可以去村落請村民畫地圖回來嗎？」

「……畫地圖？」

「是的。」

在這寒冷氣候下，都能夠清楚看見弗蘭額頭上冒出汗珠，可見弗蘭有多麼慌張。至於寇爾則是一回到小屋，就什麼話也沒說地坐了下來，然後大口喝著皮袋裡的水。

雖然赫蘿一副像在照顧頑皮小孩似的模樣為寇爾撥去身上的雪花，但寇爾似乎連道謝的餘力都沒有。

看見弗蘭與寇爾這般模樣，不會讓人聯想到太多狀況。

「找到天使傳說的線索了嗎？」

羅倫斯這麼詢問的瞬間，不禁嚇了一跳。

不過，他相信就是照顧著寇爾的赫蘿，也同樣感到驚訝。

一聽到羅倫斯的話語，弗蘭立刻露出看似真的很開心的笑容。

她一副按捺不住的模樣，顧不著面子地笑著說：「是的。」

頑強又固執的銀飾品工藝師。不斷傳出動盪謠言的銀飾品工藝師。擁有這般評價的銀飾品工藝師脫去偽裝外殼後，竟露出如此天真無邪的笑容，想必這才是她的真實模樣。

一個女人隻身旅行，而且還是個手藝能夠賺得大錢的女銀飾品工藝師，應該有很多勞心之處。就連伊弗般的商人，做生意時也必須纏上頭巾來掩飾女性身分。想必弗蘭為了保護自己，只能夠披上名為難應付又固執的鎧甲。

看見寇爾似乎暫時喘了口氣，赫蘿將裝了水的皮袋拿給弗蘭。

雖然直到幾天前還很難想像這樣的畫面，但弗蘭露出笑臉道謝，赫蘿也微笑以對。

弗蘭喝下水，並做一次深呼吸後，再喝了口水。

她一定忘我地跑著。

就為了追尋天使傳說。

「妳需要什麼樣的地圖？」

羅倫斯搭腔後，總算放鬆下來的弗蘭顯得有些驚訝地說：「咦？」

然後，弗蘭一臉愕然地看著羅倫斯，最後終於察覺到是怎麼回事。

她一定以為自己方才已說過需要什麼樣的地圖。

「抱歉。我需要的是……標出從湖泊流出的河川地圖。」

「河川？」

因為覺得需要這樣的地圖顯得離奇，所以羅倫斯反問道。

「是的。我在湖泊四周走動時，有了一個想法。當下起雪來，氣溫急遽下降時，所有水流緩慢的河川都會結冰。這麼一來，流入河川的水將失去出口。外面那瀑布也只有那麼一點水量而已，要是多下幾次暴風雪，應該很容易就會結冰而停止流動。在這樣的狀況下，因為某種衝力，不，應該說任何堤防都有可能決堤。所以，請帶回畫出所有從湖泊流出，且不限大小的河川地圖。」

弗蘭平常顯得沉默寡言，發言時總是先往前思考兩步甚至三步，這次說起話來卻是滔滔不絕。弗蘭的表情固然認真，但從抓不到重點的說話內容，以及說話時比手又畫腳的表現，能夠清楚知道她非常興奮。

羅倫斯說了句：「原來如此。」暫時打斷弗蘭的話。

「冰雪所蓄積的水升高到某個水位後，便會一鼓作氣地滿出來。也就是說，這些水滿出來的模樣……」

「可能會讓人看成是天使的羽毛。」

說著，弗蘭直直注視著羅倫斯。

弗蘭的眼神透露出她明明抱著確信，卻因為高興過了頭而難以相信的心情。

而且，只要稍微想像一下弗蘭形容的畫面，也能夠體會她的心情。

受到冰雪阻擋而就快滿出來的美麗湖水，終於在月光籠罩下的某個夜晚因決堤而溢流。這樣的光景想必十分美麗，湖水溢流的壯觀景色也非常符合天使飛向天庭的畫面。

儘管這麼一來將會揭開傳說的神祕面紗，還是能夠想像出那會是足以用奇蹟來形容的光景。

雖然羅倫斯平常不會說出這麼不負責任的話語，但還是忍不住對著弗蘭說：

「妳說的應該是正確答案。」

弗蘭臉上化為又想哭又想笑的表情。

「希望我們有機會看見。」

無論是什麼樣的人，只要是一心一意朝向目標前進的人，都有一個共通之處。

那就是弗蘭此刻展露的笑臉。

看著她，讓羅倫斯有了這樣的想法。

「嗯。」

弗蘭肯定地簡短答道。

弗蘭與寇爾再次出發前往湖畔，就連等待地圖送達的短暫時間也捨不得浪費。

或許是感受到弗蘭的激動心情，寇爾也露出從未有過的認真表情，背著行李跟在弗蘭後頭走去。

寇爾的認真模樣甚至讓赫蘿目送兩人背影遠去後，顯得有些落寞地笑了笑。

或許赫蘿的心情就像可愛弟弟被人搶走了一樣。

「好了，我們也出發吧。」

說罷，羅倫斯踏上馬鐙。

聽到羅倫斯的話語後，原本一直望著弗蘭與寇爾的赫蘿總算跑近羅倫斯，並抓住了羅倫斯的手。

羅倫斯配合著赫蘿的動作，把赫蘿舉高到馬背上。

接著坐在赫蘿前方，並拉動韁繩讓馬兒前進。

「跟個小孩子一樣。」

想起弗蘭的模樣，羅倫斯忍不住笑了出來。

羅倫斯心想，回到凱爾貝時如果告訴攸葛這件事情，攸葛一定也不會相信吧。

「大人遇到開心的事情時應該要保持正經表情，會這麼想的人代表他還是個小孩子。」

因為赫蘿用雙手抱住羅倫斯的腰部，並保持把臉頰貼在羅倫斯背上的姿勢說話，所以擺動的下巴和耳朵不停搔著羅倫斯的背部。

羅倫斯一邊心想應該讓赫蘿坐在前面比較好，一邊回答說：

「的確，大家也會說歲數大了後，就會變成像小孩子一樣。」

「嗯。所以，現在汝知道咱歲數有多大了唄。」

赫蘿還能夠自己說出這般玩笑話，可見她有多麼悠哉。

看見羅倫斯露出笑容後，赫蘿也發出了咯咯笑聲。

然而，一陣笑聲過後，赫蘿靜靜地說：

「想必真的是很重要的事情唄。」

羅倫斯眼前浮現弗蘭坐在地爐旁，為了掩飾難為情而稱呼對方為友人的畫面。

弗蘭之所以沒有與對方一起來到這裡，一定有著什麼原因。

當然了，對方可能是某城鎮的工匠，所以走不開該城鎮也說不定。

即便如此，在這個時代裡還是只會讓人聯想到不好的原因。

從弗蘭的口吻聽得出來似乎與對方一起旅行過一段時間，所以想必是在途中分開來。

分開的原因可能是受傷或生病，不然就是……

赫蘿變換姿勢，把另一邊的臉頰貼在羅倫斯背上。

那舉動彷彿在告訴羅倫斯不要忘記她在背後似的。

「而且，看見那笑臉後，可知道那丫頭掛著多麼厚一層面具走過旅途。倘若不是帶咱們來，真不知那個大笨驢打算怎麼做。」

聽到赫蘿的話語後，羅倫斯輕輕嘆了口氣。

「是啊。」

夾雜著嘆息聲，羅倫斯這麼回答。

「勇往直前且一心一意地追查天使傳說；看見弗蘭這般強烈決心，對方變得畏縮而夾著尾巴逃跑，最後留下弗蘭一人……像這樣的可能性也相當高吧。」

如果害怕冒險就無法得到想要的東西。

然而，如果一直冒險，總有一天會遭遇不幸。

既然這樣，如果能夠讓自己表現得像幸運使者，那也不賴。

這麼想著的羅倫斯對於赫蘿接下來說出的話語，也能夠笑著表示理解。

「哎，連咱這個約伊茲的賢狼赫蘿都敢使喚差遣了，擁有這般膽量的人也會招來好運唄。」

赫蘿說得沒錯。

羅倫斯這麼想著的同時，腦中浮現一個疑問。

他心想與賢狼赫蘿一同旅行的自己，又招來了什麼好運呢？

這時，把臉頰貼在羅倫斯背上的赫蘿似乎早就料到了一切。

赫蘿只用喉嚨發出奸笑聲。

選擇坐在背後讓羅倫斯無法反抗，或許是赫蘿的戰略。

「我遇到了能夠與妳這樣優秀的旅伴一起旅行的好運。這樣可以了嗎？」

赫蘿發出聲音笑了笑後，張開尊口說：「那麼，這應該感謝誰啊？」

既然一路配合到這裡了，當然應該配合到底。

於是，羅倫斯握住韁繩說道：

「約伊茲的賢狼赫蘿。」

「嗯。哎，汝就好好誠心感謝唄。」

赫蘿的尾巴發出唰唰聲響。

雖然賺錢能夠溫暖荷包，但從來沒有溫暖過背部。

偶爾這樣也不錯。

羅倫斯一邊靜靜地感受背部傳來的赫蘿體溫，一邊騎馬前進。

抵達村落後，不變的日常生活呈現在眼前。

有人忙著耕作，有人帶著家畜，有人縫補著衣服，也有人想必是為了修補而敲打著鍋子。

看見赫蘿顯得有些懷念地瞇起眼睛，羅倫斯能夠明白她的心情。

無論去到哪裡都看得到眼前的景色，相信未來也會一直存在。

「雖然光是聽到片面之詞，就讓人對其沒有節操的程度心生怒氣，但也能夠明白那人想要守護這般光景的心情。」

赫蘿靜靜說出的話語深具意義。

「是啊。而且，如果弗蘭小姐說的話可信，村民當中似乎也有人不願意把卡特琳娜修女叫成魔女。那間小屋會保持得那麼乾淨，想必也是村民抱著贖罪的心情吧。」

這事實讓人知道想要照著本意活下去有多麼困難。

赫蘿之所以陷入沉默，並非因為什麼人有錯，而是不想接受這樣的事實。

「不過，就看我們努力的結果如何，說不定變成魔女的修女還有可能變回原本的虔誠修女。這樣弗蘭小姐就能夠專心尋找天使傳說，我們也能夠請她繪製北方地區的地圖，可說皆大歡喜。對吧？」

領主為了成功巴結有權勢的人、村民為了找一個不讓人進入那片森林的理由，想必依舊會持續利用無法說話的修女。

對於這般事實，赫蘿固然不服氣，但就是生氣也不能改變什麼。

賢狼赫蘿最後一副彷彿在說「多生氣多吃虧」似的模樣，讓鼓起的臉頰消下。

「所以呢，首先要拿到地圖。希望找得到維諾先生才好。」

四處的田地可看見三三兩兩忙著耕作的村民，根本認不出是什麼人。羅倫斯決定先走進村裡瞧瞧，於是向前走去。

因為只隔了一天，所以在家裡工作的村民只是稍微看向這方一眼，然後不太感興趣地重新做起工作。想必繆勒或維諾已經向村民說明過羅倫斯等人的目的了。

羅倫斯打算就這麼走向維諾的住家時，在途中經過的廣場上看見維諾本人與其他男子一起在製作弓箭。

男子手上各自拿著白色箭頭，並時而拿起石頭研磨或切割。

羅倫斯心想，白色箭頭可能是昨天打獵到的鹿骨。

「維諾先生。」

羅倫斯搭腔後，維諾抬起頭並立刻發現羅倫斯而展露笑顏。

維諾輕輕揮揮手，放下製作到一半的弓箭站起來後，朝向這方跑來。

「喲，怎麼了？看來你們沒遇到什麼危險的樣子。」

「託你的福。你們在製作弓箭啊？」

聽到羅倫斯的詢問後，維諾先回過頭看，然後點了點頭說：

「是啊。因為到了春天，動物和人類都會開始活動。我們會扛著箭去賣給各地的領主或到城鎮兜售。那麼，有事嗎？」

城鎮裡製作的箭頭以鐵製品居多。鐵製箭頭雖然強力，但非常昂貴，而且因為工匠們組成公會來管理生產，所以有時候無法應付一些與城鎮敵對，或沒有往來的人們的緊急需求。

滿足這般需求的，正是冬天沒什麼工作可做的村民們的手工製品。

「是的，我們有點事情想拜託你。」

「喔？什麼事？」

「是這樣子的，想麻煩你幫我們畫地圖。」

聽到羅倫斯的話語後，維諾先是微微傾頭，然後開口說：

「喔、喔，地圖啊。抱歉，因為我們很少使用這種東西。不過，你要哪裡的地圖啊？」

「我們想要湖泊附近的地圖。而且，還是要標出所有從湖泊流出，且不限大小的河川地圖。」

維諾一副需要花點時間才能夠理解羅倫斯意思的模樣，就這麼陷入沉默好一會兒時間。

等到維諾總算開口說話時，聲音變得很小，而且一副害怕被四周的人聽見的樣子。

「你們該不會是打算蓋水車吧？」

維諾終究是純樸的村民，他似乎以為用這樣的開玩笑說法就能夠掩飾真心。

羅倫斯沒有因此而表現得鬆懈，並回答說：「根本沒必要蓋什麼水車。」

「好像是天使傳說的祕密就藏在湖水的流向裡。我幫忙帶路的那位弗蘭修女說什麼也需要這地圖。」

雖然維諾一副感到可疑的模樣聽著羅倫斯的說明，但最後自己想通並接受了這般說明，然後點點頭說：

「這樣啊……如果是這麼回事，沒問題啊。以我們村子的立場來說，也決定要協助你們。而且，我也可以偷懶。」

雖不知道城鎮裡的商店是什麼狀況，但在村落，多數工作都是共同作業。在村落不是計算誰做了多少工作，而是完成所有工作了沒有。有人因為這樣而喘不過氣來，最後跑到城鎮去，也有人覺得能夠與同伴一起工作而感到輕鬆又愉快，可說各種反應都有。

即使面對同一件事情，如果看法不同，印象也會完全改變。

羅倫斯回答說：「那就務必拜託你了。」

「那麼，我們去找繆勒先生好了。因為只有繆勒先生家裡有紙或墨水之類的東西。」

「麻煩你了。」

維諾點了點頭，並向同伴打聲招呼後，走了出去。

羅倫斯每次因為行商而拜訪村落時，經常會看見這般光景，有時他也會想變成他們的一員。

現在羅倫斯不再有這樣的想法，因為他身邊有同伴陪著。

可能是也有了同樣的想法，赫蘿與羅倫斯四眼相交後，兩人在維諾後方彼此沒出聲地笑著。

「喲，繆勒先生。」

看見繆勒正好從住家走出來，維諾揚聲喊道。

繆勒腋下夾著好幾張晒乾的大皮革，手上握著大刀。

羅倫斯猜想著他可能正準備割開皮革做鞋子之類的物品。

雖然繆勒有著粗壯的身軀和雙手，卻給人雙手意外靈巧的感覺。

「怎麼啦？連旅人也一起出現。」

「你出來得正好。想跟你借一下紙和墨水。」

「紙和墨水？」

繆勒之所以露出感到懷疑的表情，想必是因為村落很少使用這些東西，更重要的是，這些東西屬於貴重物品。

「他們說需要地圖。湖泊周邊的地圖。」

「地圖？」

繆勒先看了看維諾，再看了看羅倫斯後，陷入思考好一會兒時間。

然後，繆勒緩緩說了句：「我知道了。」並突然把皮革和刀子塞給維諾說：「我來畫地圖。」

赫蘿之所以低下了頭，想必是為了讓笑容藏在兜帽底下。

聽到繆勒話語的那一刻，維諾的表情就像玩具被人沒收的小孩一樣。

「昨天你沒有解剖鹿隻，就吃到鹿肉了，不是嗎？」

繆勒像是有些壞心眼的哥哥般露出笑容，並同時這麼說。

因為繆勒說的一點也沒錯，所以維諾只能夠傷心地垂下頭。

「好了好了，還不快去工作。這是包括拉南、斯庫還有西列特的分。你問葉那尺寸要多大。」

「我知道了啦！」

維諾露出顯得不悅的表情說道，但看著維諾背影的繆勒臉上，卻是露出顯得開心的笑容。

羅倫斯心想，真是個好村落。

如此開朗的村落卻被扯上魔女傳言，實在太可惜了。

「到裡頭畫地圖吧。你們是要湖泊的地圖？」

「正確來說，應該是包含所有從湖泊流出的大小河川的地圖。」

走進繆勒住家後，可看見屋內滿是打獵道具、用來製作皮製品的刀子與鉤子，以及立在牆上的工作檯等物。地爐或麥桿做成的床鋪等生活用品，就像被塞在這些物品的空隙之間。屋內模樣散發出一種不同於城鎮裡的工作坊，也不同於商行的獨特氣氛。

這般繁雜且散發出力量的住家，非常符合監督全村者的感覺。

「喲？這地圖需求還真是特別。」

不愧是繆勒，反應與維諾不同。

不過，不僅反應不同，繆勒動腦筋的速度也比維諾來得快。

「維諾有沒有說很像為了蓋水車的地圖？」

「有。」

聽到羅倫斯這麼坦承地回答，繆勒露出牙齒笑著點了點頭。

「真是個笨蛋傢伙。他昨晚鐵青著臉跑來跟我報告，說你發現了手動石臼。我就揍了那傢伙一拳，然後回答他說，要是你們是為了建設水車而來，怎麼可能特地說出這種事情。」

繆勒的表現非常符合與領主一同巧妙利用時勢、為了維持村落安泰而一路採取行動的男子。

他放下工作檯後，從櫃子上拉出老舊紙束。

「那麼，這麼大的紙應該夠用了吧。」

繆勒取出的紙張如果拿到城鎮去賣，也換不了多少錢。那紙張老舊變色，紙角已經破爛不堪，而且大小只比臉部大了一些。

「這是謝禮。」

羅倫斯取出鹽巴說道。繆勒滿意地點了點頭後，一邊說：「開始吧。」一邊拿起帶有裂痕的墨水壺，以及羽毛已經變得稀疏的羽毛筆。

「應該不會花太久時間，你自己隨便找個地方坐吧。」

羅倫斯點了點頭，並在長形衣箱上坐了下來。

至於赫蘿，則是用指尖捉弄著從住家外一邊啄麥桿屑，一邊走進屋內的雛隻。

「天使傳說有進展嗎？」

繆勒忽然問道。雖然他的視線落在紙上，手也輕快地畫著線，但注意力全在羅倫斯身上。

繆勒似乎不是抱著閒話家常的心態。

「修女似乎掌握到了什麼線索。她氣勢洶洶地要我來請你們畫地圖。」

繆勒一邊畫地圖，一邊點點頭簡短說了句：「這樣啊。」如果是面對動物，不管要僵持多久都不怕，但如果是面對人，繆勒似乎就沒有那麼多耐性了。

隔沒多久時間後，繆勒這麼說：

「有看見魔女嗎？」

這才是繆勒最關心的事情。對站在守護村落立場的繆勒來說，比起具有形體的水車，不具形體的風評更加教人在意。萬一決定建設水車，繆勒他們還能夠把自己綁在樹上以示抗議。

但是，如果想要顛覆森林有魔女的風評，就非常困難。

繆勒停下畫地圖的手，視線雖然落在紙張上，但就是小孩子也看得出他的目光沒有集中在紙上。羅倫斯看向與雛隻打成平手的赫蘿，然後笑著回答說：

「沒有。」

「咻」的一聲畫線聲音傳來。

「這樣啊。」

繆勒說罷，一直保持沉默地畫地圖。那專注工作的模樣確實非常具有獵人風範。

「季節一變，地圖多少也會改變。」

當繆勒說出這般話語時，羅倫斯發現赫蘿與雞隻已經在不知不覺中變得心靈互通，雞隻縮成一團躺在赫蘿腳邊。

「只要有這季節的地圖就可以了。」

「這樣啊。那麼，大概是這樣子吧。」

繆勒一邊說，一邊挺起身子時，全身關節不停發出喀喀聲響，說出他有多麼專注於描繪地圖。繆勒在最後伸了一個大懶腰時，在赫蘿腳邊看似滿足地閉著眼睛睡覺的雞隻也醒了過來。

赫蘿顯得開心地聆聽著伸懶腰的聲音。

「等墨水乾了後，你們就拿去吧。這時間出發應該來得及在日落前抵達。」

「謝謝。」

「沒什麼，我相信維諾昨天一定也說過同樣的話。」

雖然繆勒的個性不像愛偷懶的樣子，但基於禮貌，羅倫斯還是回以笑容。

繆勒拿起裝了鹽巴的袋子，說了句：「謝啦。」

對缺乏貨幣收入的村落而言，想要買齊生活必需品想必是一件難事。

「好了，那我該去看看維諾工作得怎樣了。別看那傢伙那樣，其實手腳挺笨拙的。他要是毀了皮革，我就拿鹿肌腱打他屁股。」

聽到繆勒說出像極了工匠師傅台詞的話語，羅倫斯忍不住笑了出來。赫蘿也坐在門口一邊眺望村落光景，一邊顯得開心地聆聽對話。羅倫斯心想，如果世上有會讓人一直想要過下去的日常生活，應該就是這樣的生活吧。

這般和平氣氛中，赫蘿忽然發出「唔？」的聲音。這時，繆勒也已經站在住家屋簷下。

「什麼人啊？」

繆勒也站立不動地凝視著遠方。

他的視線落在村落邊界，也就是昨天村長坐著的位置附近。從外部進入村落時，一定要經過那條道路。憑羅倫斯的耳力也聽見如老鼠腳步聲般的聲音時，他憑直覺很快地知道是馬蹄聲。羅倫斯定睛細看後，看見前頭有一名老翁騎在馬背上，老翁後方跟著高舉長槍的多數士兵。

士兵們的身影很快地消失在住家後方，這時繆勒瞬間臉色大變。

「唔！」

繆勒抓下應是裝了工作道具的袋子跑了出去，並立刻衝向就在眼前的後院。雞隻嚇得逃跑出去，赫蘿也站起身子。

「怎麼著？」

「不知道。那些傢伙舉著長槍對吧？」

「嗯。」

如果羅倫斯沒看錯，長槍上還綁著旗幟。

倘若是傭兵，就不會手持長槍，而多是拿著前端綁著斧頭的棍棒。

這麼一來，剩下的可能性不會太多。

遠方傳來大聲喊叫的聲音。

「快叫村長和繆勒出面！」

赫蘿回頭看向羅倫斯。

羅倫斯之所以沒有開口回應赫蘿，是因為看見繆勒本人從對面住家衝了出來。

「領主的代官終於還是來了。」

繆勒的額頭上冒著冷汗，臉色變得鐵青。

他衝向住家最裡面，然後打開櫃子從甕子裡取出羊皮紙束。

那是每座村落都會有的各種特權狀。

羅倫斯察覺到發生了關係到村落存亡的事情。

「你們兩個。」

說著，繆勒抬起頭，並接續說：

「村子後面有一條通往湖泊的捷徑。捷徑的路面整頓得很好，走起來不會有問題。代官應該也沒有發現你們的存在才對。你們可不可以立刻跑回去，然後幫我傳話給那位修女大人？」

繆勒一邊說話，一邊捲起工作檯上的地圖。一把地圖塞給羅倫斯，繆勒立刻連同地圖將羅倫斯往住家後方推。比起蠻力，繆勒散發出來的氣勢更讓羅倫斯無法拒絕。

繆勒將羅倫斯帶到住家後門，並探出頭看著羅倫斯的臉說：

「請告訴修女大人說，領主來破壞留下天使傳說的土地。然後，請把這件事情告訴教會。」

「這──」

「拜託！再不快點就會來不及了！」

羅倫斯瞬間看了赫蘿一眼，發現她也點了點頭。

不過，赫蘿臉上浮現顯得有些困惑的表情。羅倫斯心想，或許赫蘿是一邊點頭，一邊暗自說：「如果有必要逃跑的話。」

畢竟羅倫斯等人並非前來指認卡特琳娜是魔女，而且領主應該也希望有教會人士願意主張卡特琳娜是修女才對。

然而，繆勒說出令人納悶的話語：

「我會好好答謝你們。而且，這麼做也是為了修女大人好。」

繆勒先看一眼住家後門後，再次看向羅倫斯說：

「森林和湖泊會變得面目全非。」

說出這句話時，繆勒順勢把羅倫斯從後門推出屋外。

下一秒鐘，代官的士兵們抵達了繆勒的住家門口，並大聲呼喊繆勒的名字。

儘管感到猶豫，羅倫斯最後還是握起赫蘿的手跑了出去。
森林和湖泊會變得面目全非？
羅倫斯抱著這般疑問向前跑著。

第五幕

羅倫斯兩人很快地找到了從村落後方通往森林的道路。

這條路很窄，寬度頂多只夠讓獵人們扛著運送獵殺到的鹿隻。

相對地，因為這條路經常被使用，所以路上積雪踏得穩固，樹枝也都砍斷，跑起來十分順暢。

羅倫斯與赫蘿在樹林間拚命地奔跑。

「發生什麼大事了?」

「不知道。繆勒說是代官，所以應該是發生了讓全村……都很頭痛的事情吧。」

因為途中跳過樹根，所以羅倫斯說到一半停頓了一下。

赫蘿也一邊撩起長袍下擺，一邊還算輕快地跳過樹根。

「那傢伙說森林和湖泊會變得面目全非。」

「是啊。」

羅倫斯回答的同時，腦中浮現一個想法。

代官們突擊村落，身為村落代表人的繆勒又表現得那麼慌張。

如果再加上森林和湖泊會變得面目全非，只會引出一個答案。

不過，赫蘿之所以沉默不語，並非因為猜想到了什麼，而是因為快喘不氣來，根本沒有說話的餘力。

羅倫斯拉著逐漸跟不上腳步的赫蘿，爬上平緩的上坡路。

「早知道……就變回原本的狼模樣。」

赫蘿說出不知道是開玩笑，還是真心話的話語。下一秒鐘，道路左手邊突然變得明亮。羅倫斯轉動視線一看，看見樹林後方出現雪白色湖畔。在那之後，兩人前進了一小段路，並發現有條小徑可往下走到湖泊，於是半走半滑行地跑下下坡路。

湖畔上還留著應是寇爾與弗蘭的腳印，但往返兩方向都有腳印。

這麼想著的羅倫斯環視四周後，發現通往小屋旁瀑布的入口處有兩道身影。

看見兩人動也不動地不知道看著什麼，羅倫斯準備揮手搭腔。

這時，有人制止了羅倫斯。這個人不是別人，當然是赫蘿。

「嗚、唔……做、做什麼？」

「不要大聲說話。」

聽見赫蘿壓低音量說道，羅倫斯一時以為赫蘿在開什麼玩笑，但後來發現才赫蘿的臉上沒有笑容。

羅倫斯再次看向弗蘭兩人後，發現兩人不是看著什麼，也不是感情要好地站在一起。

兩人簡直就像屏息不動的樣子。

「山坡下應該有人唄。」

「……如果是這樣，應該躲起來比較好吧？」

「大笨驢。在這種地方只要靜止不動，就算完全被對方看見，也不會那麼容易被發現。在樹林背後的時候也一樣，一有動作反而容易讓對方看見。」

身為森林獵人的賢狼赫蘿都這麼說了，想必一定真是這麼回事。

的確，聽到赫蘿這麼說而定睛細看後，羅倫斯發現弗蘭的模樣像是保持以手制止寇爾的姿勢僵住不動，寇爾則是保持很不自然的姿勢，像是急忙想要躲起來時被人制止了一樣。

弗蘭做出了完美的應變。

不過，有一點讓羅倫斯感到在意。那就是，為什麼弗蘭會知道連羅倫斯也不知道是怎麼回事的武力事件。

「哼。」

或許是與羅倫斯有類似的想法，赫蘿用鼻子發出「哼」的一聲。

隔了一會兒後，弗蘭忽然朝向藏起身影的羅倫斯兩人招手。

儘管雙方之間有好一段距離，但羅倫斯兩人的存在似乎早就被發現了。

雖然赫蘿一副不悅模樣，但羅倫斯推著她一起朝向弗蘭跑去。

「發生什麼事了?」

這句話是羅倫斯對著弗蘭說出的話語。

可能是一看到羅倫斯兩人出現,緊張情緒頓時散去,寇爾雙腿無力地倒坐在地上。

「士兵來到小屋。您那邊呢?」

「一樣。士兵來到村落。聽說領主將帶領士兵前來。還有,森林和湖泊會變得面目全非。」

對於領主究竟有什麼打算,羅倫斯苦於理解。

不過,弗蘭事前已經掌握到這塊土地的狀況,現在知道了這麼多情報,似乎立刻明白了事態朝向什麼方向進展。弗蘭原本注視著河川、臉上浮現不安表情的側臉,就像慢慢塗上不同顏料般逐漸染成一片怒色。

「他們沒有節操的程度實在讓人佩服。」

「為什……」

羅倫斯還來不及反問,弗蘭立刻接續說:

「他們應該是打算把卡特琳娜變成不在世上的人。」

在這瞬間,羅倫斯也理解了領主的目的。

卡特琳娜早已不在世上。

既然這樣,意思就是要讓她變成不曾存在世上過的人。

「說到底，或許該說未來是不分異教或正教的金錢時代吧。」

十分詼諧的發言。

弗蘭保持憤怒表情對自己的黑色幽默笑了笑後，嘆了口氣。

「都進展到這裡了……領主竟然在這時候做出決斷……只差一步、差一步就可以查出來……」

弗蘭顯得不甘心地說道，並用力握緊長袍。

在這之前領主像隻蝙蝠在正教與異教之間飛來飛去，這回他做出的決斷是第三種選擇。

得知教會勢力必定會隨著時代趨勢而衰弱後，領主想必不敢再利用教會勢力。

這麼一來，領主當然會希望藉由把卡特琳娜稱為魔女的所有痕跡消去，讓與信仰有關的問題一掃而空。

不只這樣，領主或許還打算建設水車，然後配合德堡商行煽動的新北方大遠征，利用水車動力引來工作機會和工匠。

這舉動就彷彿在說「只要跟金錢有關，哪還分什麼正教還是異教」。

「地圖呢？」

弗蘭抬起頭瞪看著羅倫斯。

「帶回來了……請等一下。」

看見弗蘭準備向前踏出一步，羅倫斯出聲制止，並以不輸人的氣勢反注視著她。

「請冷靜下來。如果領主決心消去卡特琳娜留下的痕跡，怎麼想我們都會是礙眼的存在，應該不可能說服得了領主吧，而且我也不認為領主會允許我們尋找天使傳說。」

聽到羅倫斯的話語後，弗蘭的表情逐漸變得扭曲。

她不是笨女孩。

就算氣得全身血液衝上腦門，還是懂得動腦思考。

「我知道只差一步就快找到天使傳說。而且，我也知道妳不是抱著輕率心情來到這裡。但是，太危險了。」

我們快逃吧。

聽到羅倫斯這麼說，弗蘭彷彿被這句話直接打了一拳似的，往後退了兩、三步。

寇爾急忙扶住了弗蘭的肩膀。

要不是寇爾向前攙扶，弗蘭恐怕會當場癱倒在地。

「……這怎麼可以……只差一步……就到了……」

沒多久前，弗蘭還一副按捺不住興奮心情的開心模樣衝進小屋。

因為期待過大，所以弗蘭感受到的失望更是沉重。

赫蘿也露出苦澀表情，沒能夠插嘴說話。

如果要逃跑，只有趁士兵暫時撤離的這段時間。

羅倫斯說了句：「我只能說真的很遺憾。」並準備握住弗蘭的手。那在瞬間──

「我向魯德・基曼打聽過您的事情。」

一方面因為沒能夠理解突來的話語含意，羅倫斯頓時說不出話來。

不過，羅倫斯並非因為突然聽到基曼的名字，而有種被人猜中祕密的感覺，才會說不出話來。既然選擇了羅倫斯三人陪同，弗蘭當然會做一些簡單的身家調查才對，所以弗蘭在凱爾貝立刻找到基曼打聽事情並不足以為奇。

羅倫斯之所以感到畏縮，是因為心中升起一股更具現實性的預感。

再不然就是，幾乎是身為商人的本能讓羅倫斯在根本不需要理性之下，自己組織起思考。

在這瞬間，羅倫斯明白了弗蘭打算說什麼。

「他說您是個連神明也不畏懼，懂得伺機謀利，並巧妙控制人際關係的人。」

弗蘭擦去淚水，並試圖在臉上浮現她根本做不到的無敵笑容。沒能夠成功浮現無敵笑容的表情反而更加嚇人。

羅倫斯不得不發問。

並且一邊祈禱著自己的想法是錯誤的。

「妳要我做什麼？」

「請您說卡特琳娜・魯奇是聖女。」

羅倫斯知道赫蘿與寇爾露出感到懷疑的表情。
以信仰說服人的策略恐怕已經沒有用。
明明如此，弗蘭卻仍執著於這麼做。
赫蘿與寇爾想必這麼猜測著，但羅倫斯的看法不同。
而且，他認為這樣的猜測完全錯誤。
虔誠修女與聖女的意義截然不同。
當然了，對待兩者的態度也會截然不同。
還有，價值也截然不同。
「卡特琳娜是大家公認、被列入聖人候補名單裡的聖女。雖然她在雷諾斯的時候隱藏身分，但很多貴族會給她援助。為了讓她列入聖人而寄給教皇的陳情書，現在應該還收在樞機大人們的書桌抽屜裡才對。您意下如何呢？」
「怎麼可能——」
弗蘭說完話後閉上了嘴巴，那模樣看起來就像關上了心房。
事實上，她這番話確實具有如此大的嚴重性。
弗蘭．沃內莉，只顧著向前進的孤傲銀飾品工藝師。
她做出的判斷非常符合這般評價，甚至可說充滿功利主義思想得令人感到可恨。

羅倫斯嚥下一口口水後，開口說：

「卡特琳娜修女如果變成卡特琳娜聖女，留在那間小屋裡的物品，包括其殘骸想必都會變成聖遺物。」

聽到「聖遺物」這個單字後，寇爾發出「啊」的一聲。

寇爾的聲音彷彿成了暗號似的，弗蘭總算成功地在嘴角浮現淡淡笑容。

「聖遺物會帶來數都數不完的金錢；只要這麼說，想必領主也會放棄建設水車。如果您懷疑我說的話，請回到小屋去看日記。日記裡寫著各地諸侯的名字以及所有經過。不過，從被丟在那間小屋的事實看來，想必列入聖人的申請手續還處於停滯狀態就是了。」

以往羅倫斯只聽過這類謠言，並未真正遇到過。

一旦申請列入聖人，並認定是聖人後，只要是與該人物有關的物品，任何東西都能夠以令人難以置信的高價賣出。如果某塊土地因為發生過奇蹟而得到好評，巡禮者就會湧進該土地，不僅教會，就連該土地附近一帶也會獲得好處。這時，企圖讓自己土地上的聖職者變成聖人，而提出列入聖人申請的貴族們會趁著這股熱潮而聚集，但為了達到其目的必須花費莫大費用。

對貴族們來說，這會是一場關係到自己死後幸福，以及生前利益的大賭注。

據說有無數貴族因此而破產，但即便如此，還是不斷有人跟進。因為大家都期待著只要賭贏了，就能夠得到莫大的回饋。

無論生前還是死後，卡特琳娜・魯奇的命運永遠是被捲入某人掀起的漩渦之中。
「妳要我賣了聖女？」
「我想您應該非常習慣買賣。」
弗蘭這時的表情就跟在攸葛商行，對著羅倫斯丟下「一張地圖要五十枚金幣」這句話時的表情一樣。
這次羅倫斯當然不能再被弗蘭的口才騙了。
他反駁說：
「這麼做太有勇無謀了。我這種小旅行商人根本不可能做得了具有聖遺物價值的物品交易。就算騙得了人，那也只是短暫時間罷了。在凱爾貝遇到一角鯨事件時，也是基曼和另外一位原本是貴族的商人負責出面交涉。在溫菲爾時，雖然我參與了聖遺物交易的外圍行動，但老實說，那交易規模根本不是我能夠出手干涉。」
金錢並非只要不斷累積，數量就會單純地增加下去的東西。金錢的本質會在某個瞬間改變。從買得到物品的價格，變成買得到人心的價格，最後甚至買得到人們的命運。
聖遺物就是具有這般高價的物品。
然而，弗蘭不肯從羅倫斯身上挪開視線，並露出絲毫猶豫都沒有的肯定眼神，一副準備使出最後王牌似的模樣這麼說：

「我願意以畫出北方地區的地圖作為報酬。而且馬上就畫。」

時間停頓了一秒鐘。

「……咦?」

羅倫斯並非因為覺得弗蘭愚蠢，才這麼反問。

而純粹是因為驚訝而不禁反問。

謊稱卡特琳娜是聖女，並買賣靠謊言捏造出來的聖遺物非常危險，而弗蘭表現出來的感覺簡直像在說「以這般危險交易換一張北方地區地圖當然划算」。

弗蘭直直注視著羅倫斯。

他只能夠這麼說:

「妳認為兩者價值相等嗎?」

如果以不合時宜的形容來表現，這時弗蘭露出的表情可愛極了。

她睜大眼睛凝視著羅倫斯，「不是嗎?」這句話就快脫口而出。

不過，弗蘭這次的表現不像羅倫斯告訴她村民來過小屋的事時那樣。弗蘭臉上的驚訝神色慢慢散去，取而代之地有某種情緒慢慢浮現她臉上。

褐色肌膚加上漆黑瞳孔。

就是被稱為魔術師也沒什麼不妥的弗蘭，以沒有抑揚頓挫的語調說:

「您的意思是，無法為了北方地區的地圖而冒險？」

羅倫斯斜眼看向赫蘿。

赫蘿面無表情地凝視著弗蘭，寇爾也露出明顯感到困惑的表情。

如果只是危險而已，或許還能夠冒險。

但是，卡特琳娜被人稱為魔女且不停遭到玩弄，事到如今才要說她是聖女，甚至還要欺騙領主並把卡特琳娜賣出去，羅倫斯怎麼可能做得出這種事情。

「在領主面前吹牛，還要以出賣聖女為前提進行交涉……這我恐怕無法勝任。」

「這樣啊。」

說罷，弗蘭迅速向前踏出步伐。

羅倫斯想動卻動不了。與動作沒有半點遲疑的弗蘭擦身而過後，羅倫斯收在懷裡的地圖已經在弗蘭手上。

「妳要去哪裡？」

儘管知道這個問題很蠢，羅倫斯還是不得不發問。

弗蘭一副思考著什麼的模樣一直站著不動，然後緩緩轉身面向羅倫斯說：

「您想盡了辦法讓攸葛說出實話，我還以為下了很大的決心。」

攸葛一直忍受著弗蘭旁若無人的態度，羅倫斯耳邊再次響起攸葛站在圖畫前方所說的話。攸葛說過無論做什麼，就算必須暫時擱下所有事情，也要優先讓弗蘭把他們的故鄉畫下來。

羅倫斯確實讓做出這般決心的攸葛說出了實話。

弗蘭接續說：

「我還以為您也抱著跟我一樣的想法，看來我錯了。」

「妳這是……」

羅倫斯還來不及說出「什麼意思」，弗蘭已開口說：

「您只是抱著這點程度的決心，就想要得到北方地區的地圖？」

「唔！」

羅倫斯不禁感到胸口一陣刺痛。下一秒鐘，弗蘭已經走了出去。

他的雙腳像被釘在地上一樣動也動不了，甚至腦袋也停止轉動。

這種感覺就像自己惡作劇過頭時，被人潑了冷水一樣。

羅倫斯告訴自己何不拋開所有自尊，老實地大聲說出來。

他詢問自己到底抱了多大的決心要尋找北方地區的地圖。

答案是再卑微不過的決心。

羅倫斯想與赫蘿一直旅行下去。

而且是在彼此確認過不要拋開一切之下，馬馬虎虎做了約定。

不管是尋找狼骨，還是尋找北方地區的地圖，羅倫斯會提議尋找這些東西並非沒有理由。當然了，這每一件事情都是不容忽視的大事。

儘管如此，每一件事情還是有著一個共通基礎，而這點羅倫斯再清楚不過了。

那就是「想留在赫蘿身邊」這個極度單純又孩子氣的想法。

這麼一來，建蓋在這般基礎上的塔樓，怎麼蓋都難以蓋得雄偉。

羅倫斯明明早就知道這般事實，聽到弗蘭說只是這麼點程度的決心後，還是不禁覺得自己太膚淺。

羅倫斯就這麼佇立不動時，赫蘿迅速握住他的手說：

「真是被狠狠扎到了痛處吶。」

羅倫斯轉頭一看，發現赫蘿抬頭仰望的臉龐浮現爽朗表情，就像個惡作劇被人發現的少女一樣。

「不過，汝真的打算賣掉那個乾巴巴的東西嗎？」

羅倫斯當場暗自說了句：「怎麼可能。」

既然這樣，汝應該知道怎麼接續話題才是。

赫蘿以視線這麼訓誡羅倫斯。

如果是為了村民，赫蘿或許還會感到憤慨。

但是，卡特琳娜死後仍因為村民或領主的自私而遭到玩弄，赫蘿根本不會想要再隨意利用卡特琳娜來達成自己的目的。

得不到北方地區地圖的事實教人難以接受。

儘管如此，羅倫斯還是無法贊同弗蘭的提議。

萬一遇到最壞的狀況，羅倫斯等人甚至可能遭到殺人滅口。

「我們快逃吧。」

聽到羅倫斯這麼說，赫蘿點了點頭。

這時，有人開口說話。這個人是一直默默聆聽對話的寇爾。

「要丟下弗蘭小姐嗎？」

羅倫斯與赫蘿互看著彼此。

弗蘭的重要性當然無庸置疑。

「我們先逃到安全的地方後，再看要請赫蘿，還是攸葛先生幫忙就好了。我會確保弗蘭的人身安全。因為有很多人需要弗蘭的協助。」

羅倫斯當然不會眼睜睜地看著弗蘭被殺害。

然而，寇爾露出泫然欲泣的表情這麼說：

「我不是這個意思。也要放棄弗蘭小姐在尋找的天使傳說嗎？」

說實話，寇爾的話語讓羅倫斯感到困惑。

弗蘭是因為自身理由在追查天使傳說，與羅倫斯等人沒有關係。

羅倫斯原本這麼想著，但立刻改變了想法。

他心想，弗蘭可能告訴了寇爾她的目的。

也就是讓弗蘭抱著莫大決心，這決心大到甚至能夠當場說出把卡特琳娜說成聖女，來欺騙領主的理由。

儘管如此，就這麼冒險繼續追查天使傳說，仍是非常不合理的舉動。

羅倫斯準備這麼告訴寇爾時，一本書讓他閉上了嘴巴。

寇爾一副就快哭出來的表情拿出了一本書。

「我只是個硬要跟著兩位一起旅行的人，沒有什麼立場說話。而且，我也最喜歡兩位了。可是……可是，我也沒辦法丟下弗蘭小姐不管。」

說罷，寇爾把書本塞給羅倫斯，並立刻背著行李跑了出去。

羅倫斯來不及出聲阻止。

寇爾是個性格直率又善良的少年。如果知道弗蘭不是以輕率的心情在追查天使傳說，並得知其理由後，寇爾可能很快受到感化。

羅倫斯也做了這般猜測。

不過，他的這般猜測立刻遭到推翻。
原因是寇爾遞給羅倫斯的書本。
從刻在封面上的標題，羅倫斯立刻看出是一本聖經。
羅倫斯的表情變得僵硬，但並非因為到了這般局面竟然會拿到一本聖經。
而是因為聖經封面上沾了一大片血跡。
「那是什麼？」
聽到赫蘿的話語後，羅倫斯回過神來。
「好像是聖經……」
羅倫斯輕輕翻閱起聖經。
聖經有些書頁的頁角已經破損，還有幾處書頁因為沾著血跡而黏在一起，也看得見像是燒焦的痕跡。就是形容這本聖經像是經過戰火摧殘，也毫不誇張。
這時，羅倫斯發現聖經書頁裡夾著幾張摺疊起來的紙張。
打開紙張後，羅倫斯看見筆鋒如針般尖銳，且倉促寫下的文字。
「親愛的……奇爾……娃寧……奇爾娃尼傭兵團？」
染上血色的聖經，加上夾在其中的紙張上的傭兵團文字。
羅倫斯拍了拍紙上的碳粉，並定睛細看紙面試圖解讀文章。

他發現傭兵團的名字旁邊寫著收件人姓名。

「弗蘭……沃內莉。」

因為聖經就放在寇爾幫弗蘭背著的行李裡，所以收件人是弗蘭也沒什麼好奇怪。羅倫斯之所以會忍不住低聲說出弗蘭姓名，是因為看見寫在弗蘭姓名之後的稱號。

「弗蘭・沃內莉從軍祭司。」

看見這稱號的瞬間，羅倫斯受到宛如當頭棒喝般的衝擊。儘管聽見赫蘿叫著「汝啊」，羅倫斯還是繼續閱讀信件。

信紙上有些文字暈了開來，有些文字因為沾著碳粉、血跡或泥巴而看不清楚，所以無法讀取完整的文章。

不過，羅倫斯看出信件是由名為奇爾娃尼的傭兵團裡的書記所寫。而且，寄信地點似乎是在距離弗蘭很遠的地方。第二張紙張的開頭寫著『已收到妳的祝福，並附上來自遠方的消息』。應是書記的寄件人在這般開頭語之後，以頗具個性的字體寫出內容簡潔的事實。

『里迪翁戰役，十人隊長馬丁・古爾卡斯戰死。』

『於拉凡平原慘遭背叛。被力卓侯爵之軍隊追殺中。願神詛咒他們。當晚，酒保里耶努因受傷而死。里耶努如入睡般死去，未留下遺言。』

『根據密告，伯爵協助藏匿之我方百人隊長海曼・羅素被捕。百人隊長在牢內仍表現英勇，且不時關心妳的狀況。』

羅倫斯翻到了最後一張紙。

『於那科里主教區之城鎮密里瓜，聖拉夫耶努之月下，實施絞刑。最後是給妳的傳話，我先去看天使……』

最後一張紙變得皺巴巴。

文章最後還有一些文字，但因為完全暈開而讀不到內容。

羅倫斯驚訝得說不出話來，好不容易才發出聲音卻是「啊～」的呻吟聲。

年紀輕輕就得到諸侯的賞識，又似乎很習慣於勞力工作；其膽量之大，甚至會讓人誤以為是山賊。

不過，並未因此而失去高尚氣質。

基曼說過弗蘭是在戰場上誕生的銀飾品工藝師。弗蘭也曾經向攸葛說過自己是奴隸。現在羅倫斯明白了這兩者的關聯。

弗蘭是傭兵團的一員，雖然無法防止弓箭或長劍朝向傭兵團揮來，但她以名為信仰的盾牌保護著對死亡感到恐懼，或陷入迷惘的同伴。

不過，如果是這麼回事，弗蘭追尋天使傳說的理由自然也會不同。最後一張紙變得皺巴巴，而且文字暈了開來說出了一個事實。

弗蘭口中的親近友人，想必是受到絞刑處分的百人隊長。
只要試著回想天使傳說的內容就會明白。
通往天庭的大門開啟，天使隨之飛去。
這內容有著什麼特別含意，根本不需要更多話語來解釋。
傭兵團到了末期的悲慘故事不勝枚舉。弗蘭之所以能夠存活下來，想必是因為身在遠離傭兵團最後煉獄的地方。信上所寫的「來自遠方的消息」，足以證明這個事實。
而且，在攸葛商行也聽到了。
擁有利爪尖牙的存在會先一個接著一個死去。
從軍祭司只能夠祈禱，因為祈禱無法阻擋長劍，所以也不會前赴戰場。
然後，弗蘭也確實活了下來。
「汝啊。」
赫蘿的話語讓羅倫斯回過神來。
然而，她沒有繼續說話。
「抱歉。」
從羅倫斯臉上的表情，或許赫蘿已經看出羅倫斯接下來要說什麼。河川下游吹來寒風，寒風劃過就快枯竭的水面，並穿過羅倫斯兩人之間吹向森林，最後捲起少許雪花消失在森林之中。

「可以借妳的力量嗎？」

羅倫斯簡短說道。

赫蘿沒有回答，但伸出手要羅倫斯遞出聖經和信件。

「然後呢？」

接過聖經和信件並閱讀完內容後，赫蘿一抬起頭，立刻這麼說。

讀完信件後，就算不了解詳細狀況，應該也能夠了解大致狀況。

重點是，寇爾難得表達自己的意見，並追著弗蘭而去。

光是這點，就足以讓這件事變得不容忽視。

「我知道這麼做是在施捨廉價的同情。」

「既然知道，為何還要這麼做？」

聽到赫蘿反問道，羅倫斯之所以忍不住笑了出來，並非因為想要掩飾什麼。

那是因為羅倫斯打算回答時，感覺到一陣難為情而笑了出來。

赫蘿露出懷疑表情瞪著這般模樣的羅倫斯，並拉住他的耳朵。

儘管如此，羅倫斯臉上依然掛著笑容。

因為他想著自己竟打算做如此愚蠢的事情。

「我在想，在世上生活一定要這麼困難嗎？」

赫蘿沒有鬆開拉住耳朵的手。

羅倫斯也沒有從她身上挪開視線。

「有時候讓人們如願以償又有什麼關係呢?偶爾發生那種『無理行得通,道理就不存在了』的事情,也很好啊。」

弗蘭所屬的傭兵團想必沒能夠讓無理行得通。就算存活下來的弗蘭想要繼續無理下去,也不可能讓道理消失。

領主將會建設水車,如果弗蘭的運氣不好,也會遭到殺害。

即使沒有演變成這般事態,只要拿過去存活下來的人們,和死去的人們做比較,自然也會看出世間真理。就算是想要任性卻被大人靠著拳頭制止過的小孩子,也明白這種事情。

不過,卡特琳娜甘心接受被稱為魔女的事實,最後對人們感到厭煩,只懷抱著其信仰心在那間小屋斷氣。就是這樣的她,也在尋找以常理來說,沒什麼希望找到的天使傳說。

哪怕被說是廉價的同情,或虛假的奇蹟都無所謂。

在世上生活有時候可以很容易。

羅倫斯只想抱著這樣的想法。

「大笨驢一個。」

赫蘿的話語簡短又準確。

「真是大笨驢。」

赫蘿一副無法理解的表情大聲地嘆了口氣。

然後，一副彷彿在說「沒辦法陪汝做這種蠢事」似的鬆開羅倫斯的耳朵。

然而，赫蘿另一隻手的小指卻勾住了羅倫斯的中指。

「汝應該懂得在世上生活沒那麼容易的道理唄？」

赫蘿是隻賢狼。

她當然很輕易地就識破羅倫斯的膚淺想法。

「我懂。可是……」

「可是什麼？」

這時如果回答錯了，赫蘿可能就此在眼前消失。

如果是在不久前，羅倫斯或許會有這樣的想法。

羅倫斯握住赫蘿的手，把她拉近自己說：

「看見過去吃了那麼多苦的專情女孩，妳不會想幫她忙嗎？」

赫蘿咧嘴露出尖牙。

那尖牙雪白又美麗。

「要是失敗了，咱不會原諒汝。」

「那當然。」

羅倫斯用額頭輕輕碰觸赫蘿的額頭說道。

「那當然。」

然後，又說了一遍。

「不過，汝打算怎麼做？」

回到小屋的途中，赫蘿一副按捺不住的模樣這麼詢問。

「沒有要做什麼困難的動作，只是要告訴大家卡特琳娜是聖女而已。」

「……要賣掉那東西嗎？」

「沒有。說她是聖女後，只要再這麼補上一句就好。就說，我們受命來進行申請列入聖人作業上的確認動作。」

這句話的意思就是，與列入聖人作業有關的大人物們正在注意這塊土地。

羅倫斯等人如果遭遇不自然的意外，或村民們如果做出難以理解的行為，領主將立刻陷入窘境。

「不過，雖說是個蠢領主，但正因為膽小，所以做出決斷之際，應該會先做調查才是。就算真的有那什麼列入聖人的申請作業，也很快就會查出咱們不是其代辦人唄？那這樣，這麼做還有什麼意義……」

赫蘿似乎一邊說道，一邊有所察覺。

然後，赫蘿露出感到厭煩的表情，而這般反應也在羅倫斯的預料之中。

「我不是說過要借妳的力量嗎？」

「……咱還以為是要借咱的智慧。」

赫蘿像個愛狡辯的小孩一樣說道，然後嘟起嘴巴。

然而，赫蘿沒有再多說什麼。

於是，羅倫斯開口說：

「天使傳說的內容裡有提到動物叫聲。如果借助於妳的力量，也不是不可能上演一場卡特琳娜是『真正』聖女的戲。這場戲甚至會讓人深信不移。」

「嗯。」

「還有，列入聖人的作業目前似乎處於停滯狀態。如果沒有列入聖人，並由教會正式承認是聖女，就無法以聖遺物的形式帶來金錢價值。如果沒有價值，就不會被賣出去。」

赫蘿一副感到無趣的模樣插嘴說：

「這只是姑息政策。」

「我比較喜歡妳用狡猾來形容。」

赫蘿一副彷彿在說「兩者都一樣」似的模樣嘆了口氣。

「再來只要詳細說明給領主聽就好了。只要告訴領主說，因為事情牽扯到大筆金錢和信仰，如果隨便發表意見，恐怕不會有好處。」

領主就像隻蝙蝠一樣在正教與異教之間飛來飛去，這樣的他對這句話應該有深刻體會才是。

想必領主會像一隻訓練良好的小狗一樣乖乖閉上嘴巴。

未來能否一直阻止領主下去當然是個未知數。

不過，應該能夠爭取到足夠的時間。

足夠到讓弗蘭放棄追尋天使傳說。

「哎，這麼做比起夾起尾巴逃跑好一些唄。」

赫蘿說罷，一抵達小屋後，立刻把木柴放進地爐裡。

卡特琳娜．魯奇，只差一步教會就快正式封她為聖女。

關於她所留下的日記，與其說是日記，其實只是輕描淡寫地把日常雜務寫下來而已。

不過，光是這些內容就足以看出卡特琳娜的個性，也能夠理解她處於什麼樣的狀況。

日記之外，羅倫斯還看見連他都聽說過的大規模主教區的大主教、貴族婦人，或大商行老闆寫來商量事情的信件。

卡特琳娜平常似乎一邊寫信回答這些人的問題，一邊考察教條問答的內容、翻譯聖經或抄寫重要讀物的複本，來分配每天的時間。

如果只看這些事情，或許會覺得卡特琳娜過著被信仰圍繞的平穩生活，但日記裡時而會出現能夠猜出卡特琳娜內心話的文章。

關於聖經翻譯，因為某處主教區的主教派來使者說想要借走聖經翻譯，於是借給了那主教，但就是到了期限也沒有歸還。關於複本，專門買賣書本的商人用金錢強勢換走了複本。關於教條問答，因為教會會議做出女人不得干涉教條問答的決議，所以只能夠以假名參與教條問答。

最誇張的是，一些大人物聽到卡特琳娜的評價後，而寄來的諸多信件。

關於大主教區的大主教寄來的信件，重點就是寫著他雖然說了很多關於教條的話語，但每天接受貴族諸侯的晚餐招待，總是忍不住大吃大喝起來，教他不知道該怎麼辦才好的愚蠢問題。

關於貴族婦人寄來的信件，則是沒完沒了地寫著抱怨夫妻吵架這種誰都不想管的話題。

至於大商行老闆寄來的信件，上面寫著到底要捐贈多少錢給貧窮人家，才能夠上天堂的直率問題。

卡特琳娜似乎非常認真且誠懇仔細地回了信，甚至還保留著草稿。

不過，在回答這些愚蠢問題的信件中，夾著一張紙條。

紙條只簡短地寫了一句話：「這也是神明給我的考驗嗎？」

這句話說出一名專注於提升信仰心的修女苦惱。

關於列入聖人的所有作業，似乎也在卡特琳娜沒有參與之下被進行。

卡特琳娜再三地寫信拒絕列入聖人，但每次收到的回信淨是寫著支持者增加，或就快列入聖人的內容。

羅倫斯一邊一一默記諸侯的姓名，以及寫在信上的諸多事件，心情也變得愈來愈沉重。

日記裡也寫著村落的代表人某天突然前來，並在說明狀況後，請求卡特琳娜允許村民把她叫成魔女的內容。

卡特琳娜不僅對村民表示同情，還寫著如果只要她自己一人受苦就能夠解決問題，她願意被叫成魔女。

如弗蘭所說，卡特琳娜以潦草筆跡寫下感嘆人類有多麼懦弱的文字。

然後，在某個時間點後，日記突然變得像日記了。

關於季節變遷或狗的話題變多了。日記裡淨是一些有小狗出生，或是請神明原諒自己抓了小鳥回來之類的記述。

另一方面，雖然這些記述之間夾著貴族諸侯寄來的信件，但沒有發現回過信的跡象。從日記上也完全看不出村民們在那之後怎麼樣了。

卡特琳娜應該是想通了。

她想通不可能貫徹自己的信念，世界也不可能因為她的信念而改變。

羅倫斯緩緩蓋上淨是寫著一些日常愉快事件的日記。

四周變得有些昏暗，太陽就快下山了。

羅倫斯在地爐裡加了木柴後，朝向生皮垂簾後方走去。

雖然羅倫斯叫赫蘿也幫忙翻閱書架上的書本，找看看有沒有什麼有幫助的內容，但走到後方的房間後，看見赫蘿打開木窗眺望著窗外。

那光景看起來就像與卡特琳娜一起眺望著窗外似的。

「看得見瀑布。」

赫蘿喃喃說道。

「一片美景吶。」

羅倫斯隨著話語也站在赫蘿後方眺望窗外。

的確，從這個位置正好看得見樹林後方的瀑布。

而且，把視線移向瀑布對面後，會看見只有該處樹林下方出現一個除去了雜草的空間，並且鋪上一層皚皚白雪。

不難想像該處曾經有過什麼。

想必是花壇之類的空間。

「說不定這傢伙是打算悠哉午睡而閉起眼睛。」

說著，赫蘿輕輕頂了一下卡特琳娜的額頭。

從日記內容看來，確實有可能正如赫蘿所說，而且人生能夠這樣畫下句點，也是一件相當美好的事情。

羅倫斯面帶苦笑這麼想著時，赫蘿伸手觸摸木窗。

「刮起風來了。好冷。」

說著，赫蘿發出「啪噠」一聲關上木窗。

依赫蘿的個性來說，不可能主動關上木窗。羅倫斯心想，赫蘿應該是害怕在這裡把話題延續下去。

在死者旁邊交談時，就算是再開心的往事，最後一定也會讓人陷入悲傷情緒。如果這個死者還是被叫做魔女，又被叫做聖女，無論生前還是死後都遭人玩弄的人，悲傷情緒會更加深刻。

關上木窗後，赫蘿立刻獨自回到設有地爐的房間。

羅倫斯打算追著赫蘿也走出房間時，忍不住回頭看了一眼。

羅倫斯等人嘴裡說村民和領主太自私，自己卻也為了自我的情感或想法，而打算讓卡特琳娜變成表面上的聖女。

不過，羅倫斯刻意不去想這些事情，並追著赫蘿而去。

商人只會追求現世的利益；羅倫斯一邊在心中緊握這般免罪牌，一邊走出房間。

在這之後，弗蘭與寇爾回到了小屋。看見羅倫斯兩人沒有離去，弗蘭難掩驚訝表情。說到寇爾，也是露出就快哭了出來的笑臉。

不過，弗蘭站在小屋入口處沒有走進來，臉上表情彷彿在詢問：「你怎麼會突然改變心意？」然後，弗蘭忽然露出吃驚表情。原因在於她看見羅倫斯手上拿著沾著血跡的聖經。

弗蘭先看向寇爾，然後再次看向羅倫斯。

羅倫斯手上拿著弗蘭的過去，以及延續過去的現在。

弗蘭低下了頭。

無論任何時候，商人都必須只為了利益而行動。

「我不會忘記要妳畫北方地區的地圖喔。」

弗蘭緊緊握住了長袍，感覺都快聽見握緊布料的聲音。

「我們也有想要相信的東西。」

弗蘭保持低著頭的姿勢點了點頭。隨著點頭的動作，淚珠滴落下來。

「……我知道了，我答應您畫地圖。」

弗蘭迅速擦了一下眼角後，抬起頭說道。

「謝謝。」

羅倫斯展露笑顏回應弗蘭的道謝話語，卻從弗蘭身上挪開視線。

地爐裡的木炭垮了下來，火花隨之飛起。

羅倫斯的目光集中在小屋外。

「妳現在道謝還太早了些。」

不愧曾經是從軍祭司，弗蘭似乎也能夠了解這句話的意思。

她再次點了點頭後，立刻詢問說：

「您打算怎麼做呢？」

「可以照當初預定，說妳是主教派來的銀飾品工藝師。不過，我想要加上一點，也就是我們另有一個目的是，前來進行列入聖人的確認作業。」

雖然弗蘭瞬間露出發愣表情，但她畢竟是個聰明女孩。弗蘭似乎很快地看出羅倫斯的企圖，並且緩緩點了點頭。

「我沒有賣掉卡特琳娜的意願。取而代之地，我打算以列入聖人的作業仍是進行式為理由，讓這裡的領主無法採取任何行動。」

弗蘭再次點點頭，並以肯定語調這麼說：

「我明白了。」

遠方傳來馬蹄聲以及多數腳步聲。

弗蘭再次擦去淚水，然後用力抱緊從羅倫斯手中接過的血染聖經。

「我們走吧。」

當弗蘭抬起頭時，臉上已浮現威風凜凜的表情，用字遣詞也非常有戰場上的戰士風範。

第六幕

有個詞彙叫作「下達命令」。

一名老騎士保持跨坐在馬背上的姿勢俯視這方，並在其背後的火把光線籠罩下，以符合這種說法的感覺這麼說：

「你們從留賓海根來的嗎？」

就算方才當場決定逃跑，如果沒有借助於赫蘿的力量，也可能在過了城鎮的某條路上被老騎士們抓到。老騎士後方跟著一群士兵，而這些看似當地農民的士兵身上只穿著皮製鎧甲。與他們對抗之下摸黑逃跑並非聰明之舉。

在某種意義上，乖乖待在小屋裡或許是正確的決定。

不過，現在還不知道一切能否順利進行。

照著事前所討論，赫蘿與寇爾留在小屋裡待命，只有羅倫斯與弗蘭走出小屋外。

「是的。」

聽到羅倫斯回答後，老騎士朝向士兵努了努下巴。

因為老騎士自稱是領主的代官，所以羅倫斯還以為士兵會拿出領主下達的敕書。

然而，士兵遞到羅倫斯面前的是，綁在長棍上的矛頭。

「你們在這裡什麼也沒看見、什麼也沒聽見。或者是，你們根本沒能夠來到這裡。」

老騎士的模樣彷彿在說「如果有人聽不懂這番話，他的腦袋本來就沒有長在脖子上的價值」。

不過，如果老騎士打算殺害羅倫斯等人早就已經動手，不會浪費時間交涉。

羅倫斯以沉穩的態度沉默地仰望代官。

「怎麼還不回答？」

代官的口吻聽不出慌亂情緒。只要乖乖表示順從，想必羅倫斯等人就能夠平安回去。

在那之後，不管羅倫斯等人怎麼向教會報告，一切也都已經結束了。而領主想要佯裝什麼都不知情，應該不是什麼難事才對。

那麼，如果反抗呢？

現在身處森林之中，就算大聲求救，肯定也不會有人聽見。

面對這種狀況，就算只是一般程度、沒那麼聰明的商人，也知道應該怎麼回答，而且不帶一絲遲疑。

不過，羅倫斯這麼回答：

「我們是在主教大人的命令之下，為了製作天使傳說的銀飾品而前來。」

代官動了一下右眼瞼，然後開口說：

「那就說你們沒能夠達成目的。留賓海根位於遠地，想必不會有人懷疑。」

「您說得一點也沒錯。」

即使由下方往上看，羅倫斯也清楚看出一副高姿態模樣的代官明顯鬆了口氣。

創造出大國的國王或皇帝，原本是貧窮小地方領主的故事並不稀奇。他們之所以能夠稱霸，並讓這塊土地的領主嚇得東奔西竄，想必純粹是因為個人器量。

如果是這樣，以這位代官來說，這般強作鎮定的模樣恐怕已是其演技的極限。

所以，羅倫斯斬釘截鐵地說：

「不過，這只是我們的目的之一。」

代官倒抽了一口氣的聲音傳來。

「您知道在後方那間小屋裡的聖女是誰嗎？」

「聖……女？」

代官感到懷疑地反問道。

羅倫斯接續說：

「她的名字是卡特琳娜・魯奇。她受到多位諸侯的敬仰，諸侯大人們還把列入聖人的陳情書寄給身在遙遠南方的教皇，是一位無庸置疑的聖女。」

「……」

當懷疑與驚訝兩種情緒交雜在一起時，人們會變得面無表情。
面無表情的代官只露出痛苦眼神看向羅倫斯。
「我們受命進行列入聖人的確認作業。主要是因為聖女不喜歡在人前出現，所以有很長一段時間下落不明，現在我們終於找到了她。」
如果這個謊言是真的，事到如今就是封住羅倫斯等人的口，也於事無補。
反而應該說代官或領主如果傷害了羅倫斯等人，就等於傷害了未來的自己。
「不過，聖女如今已經安祥長眠。雖然這世上有很多人如果沒看見寫出身分的名牌，就連神明也會當成畜生看待，但貴土地的領主大人十分明白事理，所以我會把這件事情好好呈報上去。對了……」
羅倫斯反過來直直凝視著代官的眼睛接續說：
「您是不是有事情應該與領主大人商量呢？」
這句話就像能夠讓時間重新流動起來的咒語一樣，代官驚訝地回過神來，並擦去額頭上的冷汗。代官的嘴角之所以不停微微顫動，想必是為了保住身為代官的面子。
然而，任憑憤怒情緒發洩的話語從代官口中衝出之前，後方傳來了聲音：
「好像是呢。」
老騎士以彈開似的動作回過頭看。

在農夫慌慌張張戴上配備，集結而成的多名士兵之中，有幾名像樣一些的士兵。發言的男子就在這幾名士兵正中央。

那是一名身材削瘦、顯得神經質的壯年男子。男子有著一百人當中，有一百人都想像得出會發出尖銳刺耳聲音的容貌。

不過，男子畢竟具有領主的風範，看見代官跳下馬並準備跟隨在旁時，其出手阻擋的動作相當具有威嚴。

看見男子獨自朝向這方走來，羅倫斯心想男子應該是不想被其他人聽見交談內容。

「余名為卡卡納．林基。」

然而，羅倫斯沒料到男子竟然是主動道上姓名。

男子似乎沒有直接就懷疑羅倫斯說的話。

羅倫斯準備屈膝表示答禮，但男子同樣以手勢制止了。

「我是隸屬於羅恩商業公會的克拉福．羅倫斯。」

聽到羅倫斯保持站姿這麼說，林基「嗯」了一聲點點頭，又嘆了一口長氣後這麼說：

「余就直問好了。你有什麼證據能夠證實你說的話嗎？」

林基走下馬背主動靠近，並且一開口就說出這般話語，明顯看得出他沒有自信。

強勢話語必須以強勢態度說出來，才是真正的強勢。

營奔走。

看著林基的表現，羅倫斯不禁覺得林基的為人確實很像在狹窄領地中，會為了保身而汲汲營營奔走。

「您希望我拿什麼作為證據呢？」

聽到羅倫斯反問道，林基瞬間說不出話來。

看見林基一副憤怒模樣張大嘴巴，羅倫斯猜想著林基可能覺得被人愚弄，不然就是針對羅倫斯說出的話語內容。

「余從未聽說過什麼要列入聖人的消息。如果真有如此重大的事情，應該會傳進余耳中才是。說吧，你有證據嗎？」

膽子小的男人因憤怒而漲紅著臉時，幾乎百分之百的狀況都是因為其心底燃起恐懼之火。

不過，羅倫斯當然知道沒必要刻意傷害林基的自尊，於是立刻延續話題說：

「這件事情與諸多地位高的人物有關。像我這種程度的小商人，不可能拿得到什麼物證。不過，雖無法出示物證，但可以列舉出這次委託工作給在下的貴族大人們的姓名。」

貴族的世界非常狹小，貴族們彼此大概知道什麼人與什麼人有關聯。更重要的是，在這塊異教徒與正教徒混在一起的土地上，靠著四處諂媚而存活下來的領主，應該很了解這方面的事情。

羅倫斯先咳了一聲後，在腦中翻開卡特琳娜的日記說：

「里恩地區的藍斯伯爵、德蘭地區的馬爾司卿、辛格希爾頓領地的伊分都侯爵、拉曼大主教區的寇爾賽力歐大主教。」

說到這裡，羅倫斯先停頓下來觀察林基的反應。

或許是對某貴族姓名有印象，林基一副發愣模樣。

羅倫斯接續說：

「至於林茲公國，則有杜努卿、馬拉夫卿、羅海茲伯爵夫人。普羅亞尼則有……」

這時，領主舉高手制止了羅倫斯說下去。

或許是因為緊張，林基的臉色鐵青。

羅倫斯說出的淨是普羅亞尼以北，或是普羅亞尼周邊的領主姓名。對於每次為了自我利益一下子貼近正教、一下子貼近異教的林基來說，對這些人應該都有印象才對。

而且，還有一件重大事實。

那就是自己的領地上發生與這麼多諸侯有關的事態，林基自身卻完全沒能夠參與的事實。

這代表著林基可能被認知為站在異教那一方。

倘若羅倫斯真是為了列入聖人的確認作業而來，林基現在做出懷疑羅倫斯的言行舉止，將來可能會使得其立場變得更加危險。

為什麼呢？因為林基臨到此時如果想要拜託其他領主幫忙調解，只能夠透過前來實地確認聖女狀況的羅倫斯。

「可、可以了。那麼……那麼余應該怎麼做才好？」
如果說羅倫斯看見林基死纏爛打的模樣不覺得可憐，那會是騙人的，但憤怒的感覺更勝於憐憫。就是從無節操程度無人出其左右的商人角度來看，林基的沒出息程度也是高人一等。
想要照著本意活下去是一件很困難的事情。
但是，貴為領主的人應該多一些矜持吧。
羅倫斯這麼想著。不過，他只是這麼想著而已，臉上還是堆起如圖畫裡會出現的燦爛笑容說：
「請您放心。老實說，之所以沒有告訴您列入聖人的事情，是因為這裡的土地處於非常難處理的位置。我聽說過您也為了統治這塊土地煞費苦心。」
看起來年紀多出羅倫斯一倍的林基領主，像個小孩子一樣點了點頭。羅倫斯不禁心想，世上真的有投胎錯了地方的例子。
「不過，如領主大人所見，這間小屋保持得十分乾淨，可見您是一位具有深厚信仰的人。您只要把這件事情說出來，相信參與這次事件的所有人都會安心地鬆口氣。」
「是、是啊。就是啊。」
卑微的笑臉。
看見身旁的弗蘭毫無反應，羅倫斯心想她不是擁有相當好的自制力，就是在戰場上看過太多這類事情。

「不過，畢竟這事情非同小可，必須在暗地裡祕密進行。所以，持續進行列入聖人作業的這段時間，希望您能夠幫我們守密。」

「……可是，這……」

「因為有太多妨害力量了。」

聽到羅倫斯的話語後，林基發出「咕嚕」一聲嚥下口水後，點了點頭。

羅倫斯的策略成功了。

現在只要讓赫蘿登場使出追加一擊，想必林基連想都不會再想破壞這片森林和湖泊。

羅倫斯準備說出事前與赫蘿約定好的台詞。

就在這個瞬間——

「我想起來了！」

這般不合時宜的聲音傳來。

林基以彈開似的動作回過頭看，羅倫斯的視線也移向聲音傳來的方向。

羅倫斯在視線前方看見一名手持長槍的士兵。該士兵披著缺了口的鐵製鎧甲，穿著傷痕累累的護胸甲，一眼就看得出是個身經百戰的士兵。

這般模樣的男子一邊說：「我想起來了！我想起來了！」一邊向前走了三步路。

羅倫斯覺得好像聽到了弗蘭倒抽一口氣的聲音。

「你想起什麼了？」

「我想起來了，主人。」

儘管勢力薄弱，男子仍稱呼領主為主人，而男子怎麼看也不像正式屬下。

男子是林基花了僅有的少許金錢雇來的流浪漢。

男子一邊說話，一邊在雪地上吐口水後，露出感到懷疑的目光看向羅倫斯。

正確來說，應該是看向羅倫斯身旁的弗蘭。

「我想起村民說過的話。」

「村民？」

林基喃喃說道，然後顯得不安地回頭看向這方。

看見林基彷彿在請求這方原諒男子失禮態度的目光，羅倫斯準備輕輕舉高手安撫林基時——

「是啊，就是村落那些傢伙說過的話啊。他們說來了個褐色肌膚的銀飾品工藝師，我看到這傢伙後，終於想起來了。」

羅倫斯看見林基僵住了身子，但似乎是錯的。

其實是羅倫斯自己僵住了身子，所以視野隨之晃動。

「說、說說看吧。你知道什麼事情？」

聽到林基的話語後，男子再次吐了口口水後，臉上浮現淡淡笑意說：

「我是說，雖然這些傢伙說教會命令他們前來，但根本不可能有這種蠢事。」

林基再次回頭看向這方。

他毫不客氣地先後看著弗蘭與羅倫斯做比較。

林基的目光不是在試圖討好這方，而是在觀察這方的反應。

「主人，你不要被騙了。褐色肌膚的銀飾品工藝師，其名為弗蘭．沃內莉。人稱紅鷹傭兵團之黑祭司。」

男子毫不遲疑地前進，發出沙沙作響的腳步聲。

「鏘」的一聲金屬聲傳來，男子把長年使用的長槍矛頭指向弗蘭說：

「她是在普羅尼亞算是有名的奇爾娃尼傭兵團的從軍祭司。我以前待過的傭兵團也受過他們照顧。我們在卡丁溪谷失去了認識二十年的戰友。」

林基從羅倫斯兩人身邊迅速閃開。

如同貴族世界非常狹小，向貴族領取薪資而戰鬥的傭兵世界也非常狹小。

羅倫斯能夠掩飾實情到底嗎？

就算沒有坦白說出實情，要是被搜查行李，也找不到藉口解釋。

「奇爾娃尼傭兵團到處與諸侯結仇，最後團長以異端之名遭到舉發，被判了絞刑。像她這樣的身分，怎麼想也不可能成為教會的手下。」
「你、你說的是真的嗎!?」
林基發出如殺雞般尖銳的聲音喊道。
男子一副嫌吵的模樣閉上單邊眼睛，並輕輕頂出長槍矛頭說：
「問問本人就知道了啊。」
男子臉上之所以浮現淡淡笑意，除了因為賣人情給領主，領主就會慷慨支付大筆酬勞給男子之外，還有另一個原因。
男子發出燃起復仇之火的目光。
這是騙人的。
男子真正發出的是，能夠殺害往日榮光不再的強者、如虐待狂般的目光。
「到、到底是怎樣？是真的嗎？」
林基的視線及話語同時投向弗蘭。
弗蘭保持沉默地低著頭沒有回答。
她不可能推託得了。因為她的容貌特徵太過奇特了。
羅倫斯看向小屋，並這麼簡短說出一句：
「天使會知道真相吧。」

「什、什麼?到底是……」

就在林基就快接著說出「什麼意思」的瞬間——

弗蘭如揮開蒼蠅似地揮開比向自己的長槍矛頭。

不僅林基等人，羅倫斯也嚇了一跳。

用嘴巴說或許容易，但實際被人用矛頭頂著時，並非那麼容易就能夠揮開矛頭。能夠這麼做的人如果不是因為慣於面對這種場面，就是因為擁有頑強的信仰心，足以讓他不害怕這種事情。

或許是在弗蘭身上感受到某種堅定信念，看見她向前踏出一步後，林基立刻往後退。

弗蘭向前踏出第二步後，林基立刻往後退了三步，男子也再次頂出被揮開的長槍。

「妳是弗蘭．沃內莉沒錯吧?」

對於男子的詢問，弗蘭以取下兜帽的動作取代回答。

她一邊嘆了口白色氣息，一邊語調平靜地說：

「如果我說我不是弗蘭．沃內莉呢?」

弗蘭閃過長槍矛頭，並且走了出去，男子卻是遲遲沒能夠做出反應。或許是她的動作顯得太過自然了。

男子回過神來，並叫住了弗蘭。

她回過頭露出顯得愉快的表情說：

「因為領主和村民們的卑微利益，害得信仰心虔誠的修女被叫成了魔女。這次又換成貴族諸侯們競相出資，就為了莫大利益而想讓魔女變成聖女。我本來以為事情會這麼發展，沒想到領主為了建蓋水車以得到少許利益，而試圖消滅修女留下的痕跡。針對這件事情，您有什麼想法？」

雖然男子一副不明白弗蘭在說什麼的模樣，但領主凝視著弗蘭的眼神，卻像看著正準備下達懲罰的神明一樣。

弗蘭露出明顯的笑容。

然後，她看向羅倫斯。羅倫斯不知道弗蘭打算做什麼。

不過，再過不久赫蘿就會在瀑布上方現身，讓所有人嚇破膽。

羅倫斯這麼想著，並準備阻止弗蘭。

然而，羅倫斯沒能夠來得及阻止。他心想，這或許是卡特琳娜的力量也說不定。

「我的名字是弗蘭・沃內莉。我是聖女還是魔女呢？」

弗蘭的喊話對象是，一副聆聽地獄傳教聽得入神的模樣嚥下口水、想必多數是從村落召集而來的農民兵。

弗蘭以響亮的聲音放聲說：

「你們一定也會知道什麼才是對的事情。」

或許是聽眾紛紛嚥下口水，使得現場一陣騷然。

現場多數人應該都知道自己在林基的領地上做著什麼事情。

面對每天徬徨於異教與正教之間的生活，想必信仰心愈深厚的人，感受到的痛苦就愈深。

然後，感受到的恐懼也會愈大。

「等你們死了後，一定會知道。不管怎麼說，天使一直在天上看著。」

一陣風聲突然響起，原來是男子沉默地丟出了長槍。

男子丟出的長槍撥開雲層、劃破空氣，最後朝向安靜站著的弗蘭刺去。

男子的迅猛速度以及敏捷動作，並非區區旅行商人的羅倫斯能夠設法阻擋。

長槍矛頭準確地貫穿弗蘭的側腰。

「妳這個魔女！」

男子大聲喊道，並拔起長槍，準備再次刺向弗蘭。

「住手——」

羅倫斯邊大喊邊準備衝上前，但他知道不可能來得及阻止。

然而，長槍矛頭只是劃過弗蘭的肩膀，刺穿了衣服而已。

這並非奇蹟。

因為射出的箭矢射穿了男子的右腳。

「怎……」

站不穩腳步的男子倒在雪地上。看見自己的右腳後，男子一副難以置信的模樣說不出話來。射箭者是一名獵人裝扮的農民兵。農民兵臉上浮現恐懼表情，呼吸顯得急促。

人們都害怕死後的世界。

弗蘭點燃了大家心中這把恐懼之火。

「快保護聖女！」

不知道什麼人這麼大喊。

下一秒鐘，展開了分不清敵我的混亂爭鬥。

從軍祭司是在戰場上發揮口才的人。

其任務是振奮因恐懼而雙腳無力的士兵，並且讓瀕臨死亡而膽怯的士兵得到心靈慰藉。

對於領主包圍卡特琳娜的小屋，並打算破壞留下天使傳說的森林及湖泊的企圖，想必現場有很多人打從心底害怕遭到天譴。

不愧擁有黑祭司之名，弗蘭以話語操縱了大家。

然後，儘管左側腰已染上一片鮮血，弗蘭還是不改臉色地對著領主這麼說：

「用你的雙眼好好看看什麼才是真實吧。」

羅倫斯還以為林基點了點頭，結果發現他就這麼一屁股坐了下來。

弗蘭的氣勢確實足以讓林基有這般反應。

她轉過身子，並走了出去。

「妳、妳要去哪裡？」

儘管知道這問題很蠢，羅倫斯還是不得不這麼發問。

弗蘭側腰上的傷勢嚴重到滲出血滴，每向前走一步，就會隨之染紅雪地。

她沒有停下腳步，也沒有回頭地回答說：

「我要去確認天使傳說。」

一片刀槍劍戟之聲中，羅倫斯沒能夠聽得很清楚。

即便如此，羅倫斯還是隱約察覺到弗蘭的話語意思，更明顯的是，羅倫斯從弗蘭的背影感受到明確信念。

弗蘭散發出並非抱著臨到此時的妄想或期望，而是抱著真實確信準備前去確認的氛圍。

羅倫斯忍不住向前踏出步伐，並伸手扶住弗蘭的肩膀，但這麼做不是為了立刻把弗蘭帶回小屋包紮傷口。

「您沒聽見嗎？」

弗蘭說道。

可能是失血過多，她說起話來感覺不到霸氣，加上四周有太多噪音干擾，羅倫斯沒聽清楚而準備反問時——

「沒聽見動物叫聲嗎？」

聽到弗蘭這麼說，羅倫斯不禁打起寒顫。羅倫斯之所以回過頭，是因為理解了弗蘭想要傳達什麼。

羅倫斯看見如野獸般發出咆哮聲，互相傷害的人們。不管是為了什麼樣的目的，他們揮動長劍，不怕流血。無關於異教或正教，只是為了保護自己而暴力相向的模樣與動物沒什麼兩樣。

這些人的聲音及製造出來的聲響參雜且融合在一起，最後如同野獸發出的咆哮聲般飄向天際。

不過，弗蘭究竟抱著什麼樣的心態說出這句話呢？

是想要嘲笑一切？想要輕蔑一切？還是冷笑這世界就是如此醜陋呢？

扶著弗蘭前進之中，羅倫斯總算聽見了。

羅倫斯聽見了一種聲音。那聲音不是他聽錯，更不是赫蘿的叫聲。「吼～～吼～～～」低沉的聲音傳進羅倫斯耳中。

在這瞬間，羅倫斯想起赫蘿說過的話。

赫蘿說湖泊是被高山圍繞而形成圓形碗狀，還說以為對著山頭大喊會得到回應，根本是人類的愚蠢聯想。還有，弗蘭回到小屋說她察覺到的那個可能性。

那個湖水一下子大量溢出的可能性。

赫蘿以及弗蘭說的話就是關鍵所在。

羅倫斯抬起了頭。

在瀑布旁的森林暗處，羅倫斯看見面對預料外的發展而猶豫的赫蘿身影。

兩人四眼相交的下一秒鐘，赫蘿點了點頭。

她迅速跑了出去，並站在瀑布上方。

然後放聲咆哮。

那是一聲驚人巨響。

大氣震動，樹木搖晃，水面掀起波浪。

在現場上演互相廝殺戲碼的人們一齊看向赫蘿。

弗蘭要求領主相信自己所見。

然而，赫蘿背對明月站在瀑布上方，齜牙咧嘴地拉長尾音發出長嚎的模樣顯得神聖，卻也像是惡魔的化身。

看見這般模樣的赫蘿，就連弗蘭也說不出話來。

赫蘿的現身是吉或凶？

想必她自身也不確定是吉或凶，才會遲遲沒有現身。

不過，羅倫斯有自信一定能夠進展得順利。

因為赫蘿的長嚎聲化為彷彿以木槌敲打巨鐘似的回音持續傳來。
回音響起之中，弗蘭僵住身子，並喃喃說：
「……快出現了。」
羅倫斯沒有反問。
回音也散去了。
赫蘿站在瀑布上方睥睨下方，此時只聽得見被其視線釘在原地動彈不得的人們呼吸聲。
然後，他們應該也聽見了。聽見宛如軍隊腳步聲從遠方慢慢靠近般的聲音。咚咚咚！咚咚咚！那聲音簡直就像從天上慢慢靠近的腳步聲。
多數人都一副準備逃跑的模樣環視著四周。
不久後，聲音停了下來。
在那之後，什麼事情也沒發生，只有沉默持續著。
這時，有人指著瀑布上方低聲說：
「喂，惡魔不見了……」
另一個人低聲說：
「是不是……我們眼花了啊？」
羅倫斯知道不是這麼回事。

他知道赫蘿藏起來並非為了讓大家以為自己眼花。

而是因為羅倫斯與弗蘭的猜測完全猜中了。

一名士兵大喊：

「快看瀑布！」

話語傳來的同時，瀑布的水停止落下。

在那下一刻，停止落下的水化為巨浪出現。

巨浪彷彿準備吞噬一切似的高高掀起，並劃過天上明月扭轉而下，最後撞上將瀑布從中間隔開的岩石。

想要正確描述出在這之後的光景，想必是不可能的事情。

一分為二的白浪從瀑布朝向天空飛起，並化為巨大水滴發出白光。

加上此時天氣如此寒冷。

水滴結成了冰，並籠罩在月光下。

大量的水落入瀑布積水處，發出一種獨特聲音。

一種宛如巨大羽翼振翅飛起的聲音。

強風吹起水滴，並吹向天際。

天使傳說呈現在眼前。

「……弗蘭小姐！」

羅倫斯抱住忽然彎起膝蓋無力倒下的弗蘭，並且忍不住叫出其名。

弗蘭的表情顯得平靜，其目光沒有集中在眼前光景，而是凝視著不知某處。

她緩緩伸出了手。

然後喃喃說：

「好美。」

明白自身有多麼醜陋的人們紛紛拋開武器落荒而逃。

懊惱自己無信仰的人們則是當場跪了下來。

只有忠實面對其內心的弗蘭一人面向天空，並朝向美麗光景伸出手。

天使飛向了天庭。

冰塊碎片在明月腳下閃閃發光。

終幕

「後、後來怎麼樣了呢!?」

看見攸葛的龐大身軀逼近，羅倫斯忍不住上半身往後仰。

直到羅倫斯伸手用力推開那龐大身軀，這位畫商才總算回過神來。

攸葛坐回椅子上，然後一副等得不耐煩的模樣一邊揉著衣角，一邊反覆說：

「後來怎麼樣了呢!?」

「後來堂斯格村主張天使傳說是真的，並認定卡特琳娜是無庸置疑的聖女，事件也平安收場。不過……」

羅倫斯喝了一口攸葛招待的熱葡萄酒，然後補充說：

「村民也好，領主也好，他們都表示不能再依當下情勢，選擇主張天使或主張惡魔了。聽說他們決定不對外說出所有發生過的事情。」

「這樣啊……沒事，原來是這樣啊……」

攸葛像個聆聽英雄故事聽得入神的少年一樣，讓龐大身軀靠在椅背上，然後面向天花板閉上眼睛。

攸葛用力地嘆了口氣，看得出來他打從心底感到安心。

「我們抵達這裡時您還比現在冷靜多了。」

聽到羅倫斯壞心眼地說道，攸葛張開眼睛發出「呵」的一聲笑了出來。

「事到緊要關頭時，我這人就會變得忘我。不過，原來是發生了這樣的事情啊……看見受重傷的弗蘭師傅被送過來時，我還以為發生了什麼大事呢。」

雖然攸葛這麼說，但事實上這在堂斯格村可是大事一件。堂斯格村動用了所有獵人與山上居民的知識為弗蘭療傷。羅倫斯等人之所以沒等到弗蘭的傷勢復原才回來，是因為村民們過度重視弗蘭。

因為赫蘿打從心底討厭被人當成神明敬奉，所以看見別人也討厭受到這般對待的模樣時，還大笑了出來。

羅倫斯等人是在三天前帶著弗蘭離開堂斯格村。

昨天傍晚抵達凱爾貝後，除羅倫斯外的三人早就鑽進了被窩。

惟獨羅倫斯被攸葛強勢帶到樓下，並且被迫說明在堂斯格村遭遇到的事情。

「不過，這天使傳說到底是什麼呢？」

羅倫斯拿起一顆蜂蜜醃過的樹果送進嘴裡，然後回答說：

「是雪崩。」

攸葛一臉呆然地反問說：

「雪崩？」

「是的。就是大量積雪從山坡滑向湖泊，並掀起巨浪推向瀑布。像是軍隊從天庭走下來的腳步聲，其實是積雪崩落的聲音。」

「那、那麼，動物叫聲呢？」

關於這部分，羅倫斯也不是很有把握。

不過，羅倫斯從幾種可能性當中，選了一種感覺最接近答案的可能性回答說：

「反射在湖面上的聲音聽起來像是動物叫聲。就像回聲那樣。這次是人們的爭吵聲，以及刀槍劍戟的聲音造成了回聲。我想那地方很久以前一定也同樣發生過爭執場面吧。」

當然了，影響最大的應該還是赫蘿的叫聲；羅倫斯沒忘記這麼補上一句。

天使聽見人們的爭執聲而飛下凡界；這樣的故事聽起來非常符合傳說應有的內容，而且顯得有趣。

以弗蘭的推測來說，可能是因為該地區會發生的強風撞上山峰，而發出巨響並造成回音，最後引發雪崩。

儘管事實可能真如弗蘭所推測，大家還是會想保留天使傳說的說法。

「這世上各式各樣的事情都有可能發生呢。」

「就是啊。」

羅倫斯一副感到困擾的模樣笑著說道，攸葛也晃動著肩膀發出「呵呵」笑聲。

「不過，既然事件平安收場，以後我們偶爾也會去堂斯格斯看一看狀況。只是，我們可能沒辦法像赫蘿小姐那樣威風八面就是了。」

攸葛以開玩笑的口吻說道。這時，有人敲響商行的大門。

這麼晚了，到底會是誰來敲商行的大門呢?答案很快就會揭曉。

攸葛坐在椅子上露出苦笑後，朝向大門走去。

不同於城鎮外，在城鎮不能高興睡在哪裡就睡在哪裡，或高興玩樂到多晚就多晚。在城牆內，基本上有規定可使用燭火的時段。因為城鎮的建築物密集，萬一有哪一戶人家燒了起來，火勢轉眼間就會蔓延開來。

因為攸葛在桌上點了蠟燭，所以想必是負責巡視的士兵眼尖地發現了。

「那麼，我也該去休息了。」

羅倫斯對著攸葛的背影搭腔說道，並站起身子。因為要是等到攸葛回來，很可能又被攸葛帶到其他地方繼續說話，所以羅倫斯決定早早告辭。

羅倫斯只拿著倒入熱葡萄酒的酒杯爬上階梯。

爬完嘎吱作響的階梯後，羅倫斯摸著扶手往房間走去。

雖然攸葛商行的入口很小，顯得小家子氣，但屋內深度足夠，且有四層樓高，可說是個頗具規模的商行。

一般來說，商行提供住宿的房間樓層愈高，就表示住宿者的身分愈低，所以攸葛願意安排二樓房間給羅倫斯等人，也是一種表示敬意的方式。

走到赫蘿與寇爾休息的房間途中，羅倫斯忽然察覺到月光流洩到走廊上。

從二樓闖入房間是夜賊的固定手法。

羅倫斯悄悄地從半開的房門偷看後，發現是弗蘭的房間。

「有什麼事嗎？」

弗蘭瞬間發現羅倫斯在偷看。

雖然弗蘭只是個普通人，但畢竟過著獨自旅行的生活。

其本質與一般城鎮女孩完全不同。

「因為看見了月光，我還以為有小偷闖進來。」

弗蘭挺起上半身坐在床上，並且只在眼角浮現笑意。

「聽說有些被人逮到偷竊現場的小偷，會回答說自己是來抓小偷。」

如果在酒席上聽到這種笑話，會讓人覺得莫名其妙。

但在大鬧一場後，或許這般程度的笑話恰到好處。

「小心著涼喔。」

「新傷口疼痛時，要冷卻傷口，但舊傷口疼痛時，就要熱敷傷口比較好。」

這樣的治療方法雖然粗魯，但似乎很有效。

不過，可能的話，誰也不想遇到有機會學習到這般智慧的狀況。

而擁有「從軍祭司」這個稱號的弗蘭，就有過這種遭遇。

「我本來打算隨著天使傳說落幕讓旅行畫下句點。」

弗蘭唐突地這麼說，然後看向羅倫斯。

藍色月光從完全敞開的木窗射進來。月光籠罩下，弗蘭的身軀彷彿就快化為光點消失不見。

她的側腰到肩膀部位仍纏著滲出鮮血的繃帶，在堂斯格村時還受到高燒折磨。

儘管如此，在弗蘭身上卻看不見一絲軟弱。

或許如果沒有這麼點能耐，就無法勝任掌控部隊勇氣及信仰的祭司職務。

「妳指的是什麼旅行？」

羅倫斯反問後，弗蘭發出一聲輕笑。

或許她是感到有些難為情吧。

「現在回想起來，自己就像個鑽牛角尖的少女一樣。」

弗蘭原本打算死了算了。

帶著染血聖經，以及夾在其中的信。

弗蘭對於天使傳說持有的熱情，或許也可以用執著來形容。

如果說擁有利爪尖牙的存在會一個接著一個先死去，弗蘭的執著足以讓她站在這些先死去的存在前頭。

然後，正因為如此，弗蘭才能夠找到天使傳說。

羅倫斯不知道在找到天使傳說後，弗蘭抱著什麼樣的想法。

不過，他知道弗蘭此刻的表情就像惡魔附身消失不見了般美麗。

「妳還沒幫我們畫地圖喔。」

聽到羅倫斯以責怪的口吻說道，弗蘭忽然別過臉去。

月光籠罩下，弗蘭的下巴曲線宛如仔細研磨過的刀子般閃閃發光。

「我遇過不只一次甚至跑到戰場上來討錢的商人。」

「既然商人這麼厲害，就到通往天庭之門的另一端來拿地圖啊，是嗎？」

弗蘭像一隻小貓似的閉上眼睛。

羅倫斯走近床舖後，弗蘭的漆黑瞳孔迅速看向這方。

「很遺憾，聖經上面寫著我們要去天庭，比駱駝要引線穿針更加困難。」

羅倫斯伸出手越過弗蘭，然後緩緩關上木窗。

「我也一樣。我沒能夠穿過通往天庭之門。」

「既然這樣，就以幫助人的方式來贖罪，妳覺得如何？」

弗蘭笑了笑後，讓身體慢慢埋入被窩裡。

羅倫斯心想弗蘭只要身體一動，應該就會相當疼痛，於是打算向前攙扶，卻被弗蘭以手勢制止了。

「要是請商人幫忙，不知道要畫多少張地圖呢。」

看見弗蘭露出壞心眼的笑容，羅倫斯不禁聯想起某人。

不過，弗蘭在床上躺了下來後，迅速伸出了右手。

那右手不放棄地持續朝向出現在瀑布上方的天使伸出。

「第一張地圖的酬勞。」

弗蘭說道。

這般言行舉止想必是在很多人喜歡說俏皮話的傭兵團裡學來的。

不過，羅倫斯也不討厭這樣的感覺。

「我現在就付給妳。」

羅倫斯牢牢握住了弗蘭的右手。

如果對象是城鎮女孩，這時候或許應該親一下手背。

不過，對象是弗蘭時，就沒這個必要了。

「願神庇佑您。」

收下可貴話語後，羅倫斯收回手，並做出假裝舉高帽子的動作。

弗蘭點了點頭，然後緩緩閉上眼睛。

羅倫斯準備安靜地離開房間時，背後投來了話語：

「那時候……」

「咦？」

「那時候在瀑布上方出現的……」

羅倫斯回過頭，並保持笑臉反問說：

「瀑布上方？」

憑弗蘭的聰明程度，應該察覺到了羅倫斯戴著假面具。

儘管如此，她卻沒有追究下去。

「沒事。」

弗蘭簡短地說道，並補上一句：「可能是我多心了。」

「晚安。」

羅倫斯說道，但弗蘭什麼也沒回答。

走出房間後，羅倫斯發現赫蘿就在門外。

羅倫斯假裝沒看見赫蘿的樣子，朝向隔壁房間走去。

赫蘿緊跟在羅倫斯後頭走進房間。

關上房門後，只見伴隨明亮月光的寧靜夜晚隨之展開。

完

後記

好久不見，我是支倉凍砂。這是第十二集。理所當然地，既然是第十二集，就表示這是第十二次寫後記。奇怪了，怎麼都沒有寫過那麼多次的感覺啊……？

沒想到能夠構思出多達十二集的題材，連我自己都忍不住佩服起自己。我會這麼說是因為準備著手寫第二集的當下，我就已經抱頭痛哭說不要再寫作了。

有人說，寫一本書必須閱讀一百本書。寫作《狼與辛香料》時我大概參考了四十到五十本的資料。數量不足的部分……就拜託大家讓我用赫蘿的尾巴和耳朵來填補吧。

距離上一集出版只過了三個月的時間，所以我的私生活並沒有什麼太大變化。不過，寫這本第十二集的時候，我去到沖繩住了九天呢。這趟寫作之旅另外還有兩位作家旅伴。因為必須在狹窄的房間住上九天，我本來很擔心到後面會不會覺得枯燥無味而發生什麼不愉快，結果大家相處得意外融洽。我想這應該是多虧有泡盛酒和石垣牛肉相陪吧。

早上起床、吃早餐、寫作、吃午餐、寫作、午睡、到飯店前面的海裡游泳、吃晚餐、寫作、就寢。我們每天差不多反覆過著這樣的生活。在這之間我們也租過車去到比較遠的海邊。在海邊看到很多車上只載了棉被、帳篷和小狗，然後繞著全國旅行的旅行者。當時我還驚訝地心想，原來日本也有這樣的文化啊。你們相信嗎？騎摩托車旅行的人還背著吉他呢。輕小說裡面的人物都沒有他們來得豪放耶。

因為不甘心輸給人家，我們也在計畫下次要去峇里島或是其他南方國家。不過，可以的話，但願下次能夠帶著已完成工作的輕快身心出遊。

對了，第十二集出版的時候，應該已經播出動畫第二季了。目前正一邊期待動畫趕快播出，一邊著手準備下一集的寫作。

我們下次見囉！

下次見面應該是在秋季吧？（註：以上均為日本方面之出版進度）

文倉凍砂

Kadokawa Light Novels

黃昏色的詠使 1~10（完）

Kadokawa Fantastic Novels

作者：細音 啓　插畫：竹岡美穗

庫露耶露消失時，
你一個人能做得了什麼？

以「名詠式存在的理想世界」為目標，重覆上演爭奪米克瓦鱗片之戰。鱗片的下落為何，將決定庫露耶露的命運，她或許會從世上消失——在面對這項事實時，奈特察覺到內心當中的感情。召喚類奇幻物語，系列故事終於進入「世界」的核心！

台湾角川

各 **NT$180~220/HK$50~60**

Kadokawa Light Novels

Resin Cast Milk

虛軸少女 1~5 待續

Kadokawa Fantastic Novels

作者：藤原祐　插畫：椋本夏夜

一成不變的校園生活出現雙胞胎轉學生
「無限回廊」的眞正目的即將揭曉！

eternal idle
　少年・城島晶的父母遭到「無限回廊」流放異世界，從此以後
cast
便和他的虛軸・城島硝子共同生活，一面維持僅存的日常一面尋找雙親仇人的下落。

　日常生活一步一步受到侵蝕，城島晶終於發出怒吼！

各 **NT$180~200/HK$50~55**

台湾角川

國家圖書館出版品預行編目資料

狼與辛香料 / 支倉凍砂作 ;
林冠汾譯. -- 初版. --
臺北市 : 臺灣國際角川, 2007.08-
冊 ; 公分. -- (Kadokawa fantastic novels)
譯自 : 狼と香辛料
ISBN 978-986-174-451-3(第2冊 : 平裝). --
ISBN 978-986-174-492-6(第3冊 : 平裝). --
ISBN 978-986-174-560-2(第4冊 : 平裝). --
ISBN 978-986-174-646-3(第5冊 : 平裝). --
ISBN 978-986-174-783-5(第6冊 : 平裝). --
ISBN 978-986-174-949-5(第7冊 : 平裝). --
ISBN 978-986-237-310-1(第10冊 : 平裝). --
ISBN 978-986-237-458-0(第11冊 : 平裝). --
ISBN 978-986-237-645-4(第12冊 : 平裝)

861.57　　96013203

Kadokawa
Fantastic
Novels

狼與辛香料 XII

（原著名：狼と香辛料XII）

2010年5月31日 初版第1刷發行
2024年6月17日 初版第13刷發行

作　者：支倉凍砂
插　畫：文倉十
日版設計：渡辺宏一
譯　者：林冠汾

發 行 人：台灣角川股份有限公司
總 監：呂慧君
總 編 輯：蔡佩芬
主　編：林秀儒
編　輯：黎夢萍
設計指導：陳晞叡
美術設計：莊捷寧
印　務：李明修（主任）、張加恩（主任）、張凱棋、潘尚琪

發 行 所：台灣角川股份有限公司
地　址：104台北市中山區松江路223號3樓
電　話：（02）2515-3000
傳　真：（02）2515-0033
網　址：www.kadokawa.com.tw
劃撥帳戶：台灣角川股份有限公司
劃撥帳號：19487412
法律顧問：有澤法律事務所
製　版：巨茂科技印刷有限公司
ISBN：978-986-237-645-4